ШАХСАНЕМ МЮРРЕЙ

В поисках

Святого Перевала

Лондон 2015

Published in United Kindom
Hertforfshire Press Ltd © 2014

9 Cherry Bank, Chapel Street
Hemel Hempstead, Herts.
HP2 5DE, UK

e-mail: publisher@hertfordshirepress.com
www.hertfordshirepress.com

В ПОИСКАХ СВЯТОГО ПЕРЕВАЛА

Шахсанем Мюррей

Перевод с английского - Маттью Науманн
Редактор английской версии - Лаура Гамильтон
Редактор русского перевода - Александр Кацев
Иллюстрации - Варвара Перекрест

*British Library Catalogue in Publication Data
A catalogue record for this book is available from the British Library
Library of Congress in Publication Data
A catalogue record for this book has been requested*

ISBN: 978-0-9930444-8-9

«Мне доставило большое удовольствие поддержать этот проект и работать с Шахсанем. Историческая Центральная Азия, которая занимает огромную территорию и уникальную культуру, начиная кочевниками высоко-горных местностей, до оседлых жителей Бухары, были удивительными источниками столетиями. Автор дает нам через её визуальное представление картин, ощутить возможность окунутся в реальные исторические события этого региона.

Так же было очень интересно, как она видит свой новый город Эдинбург, в котором она проживает, и описание местного «хар» - это с Шотландского переводится – «морской туман».

Я получал рукописи по частям, для перевода и каждый раз мне не терпелось узнать, что же произойдет с теми или иными героями этой книги. Было очень интересно работать с автором.»

— *Переводчик английской версии*
Маттью Науманн

«Я была заинтригована, в первую очередь, этой необычной книгой, хочу поздравить автора Шахсанем Мюррэй с выходом её первой работы на свет. Это книга дает представление о вкусе Центральной Азии, о культуре устного рассказа и историй, что передаются из поколения в поколение. Рассказы дедушки автора являются главным источником и зерном этой книги .

Легендарные, романтические, исторические рассказы полны приключений. Как и современные герои этого романа, нам читателям представляется калейдоскопическое пространство между собой связанные сцены. Какие-то отрывки придуманные, а некоторые берутся из источников реальных событий далеких времен. И конечно, главные герои Доктор Сильвер и мисс Ж.М., в поисках чего-то особенного и мистического...»

— *Редактор английского текста*
Мисс. Лаура Гамилтон

От Автора:

Хотелось бы поблагодарить от души моих коллег, помогавших воплотить этот замысел: переводчика английской версии Маттью Науманн, главного редактора английского текста Лауру Гамилтон.

Бесконечно благодарна своему дедушке Токтогулу, за невероятные рассказы, своему отцу Сартову Абакиру и всей семье за моральную поддержку. Благодарю главного советника во многих деталях Гордона Мюррэй, главного редактора русского текста Адис Сыдыкбаеву, редактора Александра Кацева, корректоров: Сартову Жанылмырзу, Сартову Тахмину, журнал «Open Central Asia, публициста Марата Ахмеджанова, дизайнера Александру Власову, иллюстратора Варвару Перекрест.

Благодарю многих коллег и друзей, которые непосредственно участвуют в событиях этой книги и даже являются героями эпизодов.

Temur's Homeland
Mawarannahr and the Chaghatay Empire

0 50 100 150 200 miles

GOLDEN HORDE

R. Ural
R. Volga
Astrakhan

Caspian Sea

SHIRVAN

Sultaniya
Qazwin
Ray
Amul
Sari
Astarabad
Jurjan
Sabzawar
Nishapur
ELBURZ MTS
MAZANDARAN
Meshed
Tus
Sari Sea
R. Sari

HUNGER STEPPE

L. Balkash

Emil R.

SEMIRECHYE
R. Chu
Issykul L.
Ashpara
Talas

MOGHULISTAN
TIEN SHAN MTS
Yulduz
Aqsu

Khotan
Yarkand
KUN LUN MTS
HIMALAYA MTS
Kashgar
PAMIRS
KASHMIR
R. Tarim
R. Indus
R. Chenab
R. Jhelum

Sighnaq
Sabran
Yasi
Otrar
Tashkent
Chirchik
R. Arpyen
R. Zarafshan
FERGHANA
Andijan
Khojand
Khokand
Peshawar
Ghazni
Kabul
HINDU KUSH
Samarkand
Qoshka Darya
Shakhrisabz
R. Wakh
Derbend
Tirmidh (Termez)
Balkh
Qarshi
Andkhoi
BACTRIA
SISTAN
Kandahar

Bukhara
MAWARANNAHR
QIZIK QUM DESERT
Kat
Urganch
KHOREZM
Sir Darya (Jaxartes)

Aral Sea

QARA QUM DESERT
Amu Dar'ya (Oxus)
Merv
KHORASAN
Herat

Great Salt Desert

KINGDOM OF HULAGU

Содержание

Пролог   *9*

Часть I «Отголоски прошлого в настоящем»   *11*

Часть II Предметы былых времен.   *17*

Часть III «Рождение Кара-Чоро»   *32*

Часть IV «Скажи мне, мама, где мой отец»   *38*

Часть V «Встреча Тагай-Бия и Бухарской красавицы Томчи»   *51*

Часть VI Встреча Кара-Чоро и Тагай-Бия   *59*

Часть VII Белые рыцари клана Питерсонов   *75*

Часть VIII «Эшен-Карег и его три сына»   *87*

Часть IX Т. «Любовь и бегство Юсуфа»   *96*

Часть X Замок клана Блакдейлс.   *118*

Часть XI «У воды...»   *129*

Пролог

История , которая живет в пространстве, загадочно проплывает во времени мимо нас, заставляет остановиться на миг и задуматься...

И тогда можно позволить сознанию провести загадочные параллели и найти тропинку, на которой остались следы тех, кто создавал нашу общую историю.

Книга переносит вас в те времена, в которых совершались события на территории «Великого Шелкового Пути» в половине 16вв.

Эти рассказы передавались из уст в уста, из поколения в поколение.

При написании этой книги, я многое для себя открыла: наша история загадочна, полна иллюзий и нераскрытых тайн.

Исторические факты приоткрывают завесу тайн жизни тех людей, которые стали героями этой книги.

Особенно интересна история северного кыргызского хана Тагай-Бия и бухарской красавицы Томчи произошедшая в волшебной долине, под названием «Фергана».

Великолепие их страстной любви, рождение сына Кара – Чоро, его стойкость и сильный характер, которые преодолели все трудности, предначертанные ему судьбой.

Другие рассказы переносят читателя в Древнюю Русь.

Большую роль играет Либерия, задуманная Иваном Грозным.

Принимают участие ученые, происходящие из Татарской знати, перешедшие после ослабления и падения « Золотой Орды», на службу в Московию.

Бегство трех сыновей ученого Эшен-Карега Ибрагима, Садыка, Юсуфа, сбежавших и потому избежавших жестокой расправы русского царя... Их судьбы непосредственно играют ключевую роль в зарождении новых элит на территории Великого Шелкового Пути.

Шахсанем Мюррэй / Эдинбург 15.03.2014.

Часть I

«Отголоски прошлого в настоящем»

... Сильный шторм, бушевавший всю ночь, доставил жителям Эдинбурга немало хлопот. Пронзительный ветер гулял по крышам домов, а когда вдруг наступало затишье, город приобретал мистический вид : из длинных глиняных труб тянулся синий и резко пахнущий дым. Перемешанный с густым туманом, он как будто пропитал город, пытаясь задушить его в своих объятиях.

Жители укутывали свои лица, укрываясь от едкого дыма, беспощадно покрывавшего жирной вонючей сажей каменные стены города.

Местные не раз терпели пожары, после которых приходилось спасать все, включая собственную жизнь. Городские власти, ввели закон о запрете на соломенные крыши. Считалось, что причиной возгораний был сильный ветер. Мало кто задавался вопросом, почему случайные возгорания крыш происходили именно под утро.

Шли реформы, и Эдинбург стал административным центром Шотландии...

***

...Темно-серые свинцовые тучи заслоняли в это странное утро восход солнца, и лишь изредка в их просвете мелькали лучи солнца и синее небо. Маленькое облачко медленно проплывало мимо одного из домов Эдинбурга. На пятом этаже здания, хозяин маленького книжного магазина торопливо бегал по коридорам, по деревянным лестницам в подвал, и обратно, каждый раз снося вниз какие-то рукописи и книги.

Комната была маленькая, и скрипучая деревянная лестница, которой заканчивался узкий коридор, вела вниз к подвалу. На каменном его полу хозяин магазина торопливо собирал вместительный саквояж, отшвыривая в сторону ненужные вещи и аккуратно укладывая внутрь самое необходимое.

Пожилого мужчину семидесяти лет, в темном пиджаке, седоволосого и сутулого, звали Миллер. Старик служил писарем у знаменитого экономиста Адама Смита.

Темный в клеточку пиджак, который Миллер никогда не снимал, защищал его от сырости. Иногда Миллер даже засыпал в одежде, чтобы не замерзнуть в плохо отапливаемой комнатушке. Здесь писарь проводил все свое время, кропотливо переписывая многочисленные работы ученого.

Популярность Адама Смита росла. Вместе с тем росло и число его врагов, оспаривавших его идеи.

Это беспокоило пожилого Миллера, который за день до описываемых событий перевозил наиболее ценные работы Смита в загородный лабиринт.

Тяжелая деревянная дверь неожиданно со скрипом распахнулась, и в коридоре, ведущем в подвал, возник монстрообразный силуэт огромного мужчины в черном плаще и темно-бордовой маске.

Хозяин жилища рефлекторно отпрянул к противоположной стене, но сразу же осознал, что бежать поздно, да и некуда.

- Стоять! - резким, повелительным тоном приказал человек. Лицо его было полностью скрыто маской, через разрезы которой были видны лишь свирепые, налитые кровью глаза.

- Простите, кто вы такой? - дрожащим старческим голосом спросил Миллер.

- Кто, кто? .. Глава клана Блакдейлс[1] - вот кто! - разразился злым и неприятным смехом человек.

- О, боже милостивый! Значит это не слухи, а самая настоящая жестокая правда?! И мне следовало внять предостережениям и начать свои приготовления гораздо раньше! - простонал старик Миллер. Его босые ноги подкосились и он обессиленно плюхнулся на свой так и

---

1 *Блакдейлс – Black devils, Черные дьяволы.*
Радикальная группа « Блакдейлс» - существовали, скорее, как предмет мистических легенд .
О беспощадных и кровожадных деяниях Блакдейлс свидетельствуют многие документальные источники, в которых сообщается, что они замышляли преступные действия в отношении Адама Смита, и что его отдельные научные работы были спасены белыми рыцарями Питерсонами, которые, все же, смогли предотвратить поджог и последующее уничтожение церковного помещения.

несобранный багаж. Рядом с ним медленно догорала серебряная лампа, наполняя весь подвал неприятным запахом паленого шерстяного фитиля.

- Какие слухи, какие приготовления? О чем ты, старик? Впрочем, мне это безразлично, я не за тобой! Скажи мне, где находится Адам Смит?

- Извините, о ком вы? Имя сие мне не известно, сударь. И вообще, в мои годы, с моим старческой памятью ... - попытался отшутиться писарь Миллер.

- Как ты смеешь со мной шутить! Где он? – в ярости закричал мужчина, схватив беднягу Миллера за горло, и не обращая внимания на молящий и скрипучий голос старика, потащил его по деревянному коридору и по лестнице вверх.

- Прошу вас, не делайте глупостей! Я не знаю, о ком вы говори-и-те! - хриплым и молящим голосом стонал Миллер.

-Ах ты, стервец! Ты прекрасно знаешь, о ком я! - одним пинком выбив окно в комнате на пятом этаже, верзила свесил через него вверх ногами тщедушное тело Миллера и яростно прощипел: - В последний раз спрашиваю - где находится Адам Смит?

- Пощадите меня, сударь! Мне известны многие тайны, сокрытые глубиной веков! – понимая, что пощады не будет, продолжал умолять старый Миллер.

- Единственная тайна, которая меня в данный момент интересует, это местонахождение твоего хозяина, идиот! - злобно рассмеялся человек, крепко удерживая старика Миллера за босые ноги.

- Хорошо, хорошо, скажу! Умоляю, простите мне мою старческую забывчивость! Я только сейчас вспомнил, о ком идет речь! - закричал Миллер.

- Ну вот, так бы давно! - довольно произнес верзила, втягивая старика Миллера обратно в комнату через маленькое окошко.

Несколько минут Миллер лежал на полу, пытаясь отдышаться, и отсутствующим взглядом смотрел на человека, называвшего себя главой клана Блакдейлс.

- Ну что-ж, давай, начинай чертить мне план его местонахождения! - вновь стал терять терпение человек в черном, швырнув старику в лицо один из валявшихся на полу чистых листов бумаги и расхаживая по комнате в поисках чернил и пера.

- Сейчас, сейчас, - побледневший от страха Миллер стал на ощупь искать серебряный светильник, служивший одновременно и чернильницей. Затем, вспомнив, что светильник остался в подвале, застонал от страха, глядя на своего мучителя.

- Что, что теперь? - злодей наклонился над Миллером, намереваясь ударить его наотмашь по лицу. В этот момент послышался глухой свистящий звук металла, входящего в тело, человек в черном дернулся, из его рта пошла кровь. Медленно покачиваясь и вытаращив глаза на ничего непонимающего Миллера, он обернулся в сторону атаковавшего его человека, стоявшего у окна, и двинулся в его сторону. В следующее мгновение ноги у него подкосились, и он, упав прямо на подоконник, вывалился наружу. Через секунду с улицы донеслись звуки упавшего грузного тела и хруст ломающихся костей.

Миллер, по-прежнему не приходя в себя, продолжал сидеть на полу и с изумлением глядел на своего спасителя.

- Что же вы до сих пор здесь, милейший, да к тому же, совершенно один? - обратился тот к писарю. - Ведь вас предупреждали - времени терять нельзя ни минуты! Давайте, собирайтесь. Мы уже давно обосновались в небезызвестном вам загородном лабиринте.

Перед писарем стоял мужчина средних лет, шатен со светлыми глазами, облаченный в синий плащ и вооруженный длинным старинным кинжалом, с которого еще стекала кровь главаря Блакдейлс. В его спокойном голосе сквозила едва заметная добродушная насмешка. Свободной рукой он помог старику Миллеру сесть и пододвинул его обувь, которую тот стал машинально надевать.

- Кто вы? - дрожащим голосом спросил незнакомца Миллер, негнущимися пальцами завязывая тесемки на ботинках.

- Я - один из клана Питерсонов - Белых Рыцарей, которые защищают добрых людей! - так же насмешливо, и, одновременно с гордостью, представился тот. После этого он помог писарю, все еще находившемуся в шоке, спуститься по лестнице.

- Нам надо обязательно забрать в подвале мои вещи и ...еще один весьма необходимый мне в моей работе предмет, - писарь Адама Смита понемногу приходил в себя. Белый Рыцарь не возражал. Они вместе спустились в подвал, забрали все, что было нужно старику

Миллеру. Улучив момент, он, украдкой от своего спасителя, поднял с каменного пола, уже потухшую серебряную лампу и, не вытряхивая содержимого, сунул ее себе за пазуху.

Они вышли на улицу, где к дереву были привязаны две оседланные лошади. Писарь невольно посмотрел на то место, где в нелепой позе лежал мертвый глава Блакдейлс.

- Помилуй его грешную душу, Господи! - сказал старик Миллер и отрешенно перевел взгляд на свинцовое небо!

- Торопитесь, их много по городу, - мягким, но не терпящим возражений голосом сказал Питерсон старику Миллеру, помогая взобраться на коня.

- Зло, увы, просто так не умирает, - прошептал старик Миллер, и они, то и дело оглядываясь, поскакали по каменным мостовым в сторону Северного моря...

***

...Будильник прозвенел два раза, и мисс Ж.М., дыша взволнованно, проснулась в холодном поту.

- Ох, что за сон! - прижав ладонь ко лбу и обтирая белым полотенцем вспотевшую шею, она надела на ноги теплые домашние тапочки, привезенные из дома, накинула белый пушистый халат, включила светильник и медленно прошла на кухню.

Включила телевизор и слушая утренние новости, не торопясь сварила себе крепкий кофе.

Некоторое время в ноутбуке изучала документы, делая какие-то пометки и часто выглядывая в окно, чтобы глотнуть свежего ноябрьского воздуха. Затем, удовлетворенная результатами сделанного, быстро начала собираться на работу.

Часть II

Предметы былых времен

Мелкий дождь моросил третьи сутки. Прохлада осеннего воздуха наводила всех, присутствовавших в этот день на семинаре Центра «ЛМР» (Legends and Myths, Revisited[2]), на размышления отвлеченного порядка. Туман, окутывавший Эдинбург, придавал Центру, размещенному в готической церкви , вблизи от центрального городского парка на Лоурситон Роуд, таинственный и призрачный вид, подстать теме текущего выступления Доктора Брэндона Сильвера, основателя и исполнительного директора «ЛМР». Доктор был крепкого телосложения, невысокий , лысый и носил очки в массивной роговой оправе. Он стоял на подиуме перед аудиторией в двадцать пять - тридцать человек, широко расставив ноги, наклонив голову вперёд, словно готов был бодаться с любым, кто попытается оспорить истинность его высказываний, и сосредоточенно вещал:

- А теперь, давайте посмотрим, каким образом описанный нами пожар в этой церкви - событие совершенно феноменальное, можно сказать, мистическое - смог уничтожить подавляющую часть артефактов, хранящихся на протяжении нескольких столетий в ее запасниках. Эти экспонаты, представляют чрезвычайную ценность для мировой науки и культуры. Наш центр, как известно нашим уважаемым спонсорам, - доктор произвел некое подобие реверанса в сторону обособленно держащейся группы лиц, не замедливших церемонно поклониться в ответ, – восстанавливали буквально по крупицам, тоже целую вечность (мягкий смешок доктора) - целых десять лет. Работа с архивами и наши собственные исследования показали, что

---

2 *«И снова о легендах и мифах» (англ).*

артефакты изначально разделялись на тематические категории – по регионам и историческим периодам. Так вот, среди полностью или частично уничтоженных пожаром артефактов, впоследствии были идентифицированы предметы из всех тематических категорий, кроме одной – периода "Великого шелкового пути". Не побоюсь высокого слога, уникальным образом объединившего в себе и в свое время целые миры и эпохи. Артефакты данной категории сгорели дотла - не осталось ни черепков, ни головешек. Иначе говоря, эта группа экспонатов исчезла бесследно! - Доктор отошел к тумбе слева от подиума, на которой стояли ноутбук и графин с минеральной водой, отпил воды из стакана, склонился над ноутбуком, прижимая очки к переносице указательным пальцем, и попросил присутствовавших открыть раздаточный материал на странице с перечнем утраченных Центром экспонатов.

- И если отдельные сохранившиеся предметы, по сей день можно обнаружить в некоторых антикварных магазинах внутри и за пределами Эдинбурга, ни один из них не входит в вышеупомянутую категорию. Вывод напрашивается один – группа артефактов была похищена, а пожар в церкви устроен с целью сокрытия похищения! Причем, кража артефактов была совершена не обычными мошенниками, а людьми, преследовавшими весьма определенные цели. Какие цели, спросите вы? - к сожалению, нам остается о них только догадываться, – закончил Доктор Сильвер под нарастающие возгласы изумления аудитории.

Мисс Ж.М., ассистентка Доктора Сильвера, азиатка тридцати пяти лет, с красивыми длинными ресницами, большими карими глазами, гладкой матовой кожей, тонкими пальцами, высокого роста, одетая в строгий синий пиджак, брюками и белоснежную рубашку и теплый шарф, которым она укрыла свою изящную шею, сидела в нише у окна справа от подиума стенографировала семинар. При этом сердце у нее учащенно билось, она взволнованно дышала, отчего на высокой груди, проглядывавшей сквозь расстегнутый воротничок рубашки, волнообразно двигались фиолетово-зелено-малиновые блики, от возвышавшегося оконного витража.

Ее волнение объяснялось двумя причинами. Во первых, доктор Сильвер сегодня озвучил результаты напряженной аналитической работы, которую Центр вел в течение всего последнего года. Выводы, только-то представленные аудитории, были уже не просто предположением, но хорошо аргументированными фактами. Разрабатываемая тема, неизбежно приобретала большой общественный резонанс. В самом деле, почти полное уничтожение исторической достопримечательности Эдинбурга, созданной знаменитым Арчибальдом Скоттом в 1859-ом году, оказывалось продуманной акцией некоей преступной группы?...

***

Причем, исполненной с целью сокрыть следы похищения неких пресловутых побрякушек с юго-востока Евразийского континента?! Тут было из-за чего взволноваться не только рядовому обывателю. Затрагивался авторитет многих серьезных академических исследователей, включая коллег доктора Сильвера.

Во-вторых, и это было главное - у мисс Ж.М. был свой личный мотив, побудивший ее двенадцать лет назад приехать в Шотландию и поступить на факультет «Искусство и Литература Древних Кельтов» Эдинбургского университета. То, о чем сегодня говорил доктор Брендон Сильвер, непостижимым образом перекликалось с содержанием магнитофонной записи историй, рассказанных ее дедом, белобородым старцем Токтогулом много лет назад. В этих историях говорилось о дальних странствиях, вечной любви, коварных интригах. Упоминались в них предметы, обладавшие чудесными свойствами. Они были объектами вожделения, причинами раздора и преследований, залогом верности своему народу и любви к женщине. То, что воспринималось в свое время как чудесная сказка, постепенно обрастало плотью реальности. И сегодня мисс Ж.М. подошла к осознанию этой реальности вплотную. Предметы из рассказов деда полностью соответствовали перечню артефактов, исчезнувших в сгоревшей церкви.

С трепетом и почти детским нетерпением помогала она доктору над восстановлением утраченного церковного фонда. Вместе они горели идеей расширить Центр. Предоставить общественности доступ к большой информации о реальном значении военных, политических или торговых формирований на территории Евразийского континента, роли отдельных лиц, незаслуженно обделенных вниманием исторической науки, и о том, как идеи прошлых веков формировали современное общество. Доктор Сильвер с коллегами вкладывали в свою научно-исследовательскую работу всю энергию, воспринимая ее как увлекательнейшее и, порой невероятное приключение, способное перевернуть человеческое представление о всемирной истории...

Собрав все документы, отключив мультимедийное оборудование, использованные в ходе презентации, мисс Ж.М. подошла к доктору Сильверу, окруженному возбужденными участниками семинара и представителями прессы. Она на несколько мгновений отвлекла его от сыпавшихся на него вопросов.

- Простите, Доктор, мне уже пора, - шепнула она ему. - У меня в шесть часов, как вы помните, встреча с мистером Леердом у городского нотариуса, по поводу приобретения частной коллекции архивных материалов портового регистра Эдинбурга...

- Безусловно, милая мисс Ж.М., идите, - доктор Сильвер повернулся к ней, блеснув голубыми глазами, в которых одновременно видны и восторг триумфатора, и отрешенность скептика. Была в них еще и глубокая благодарность за ее профессиональную стойкость и товарищескую лояльность, и затаенное обожание зрелого мужчины, которое проявлялось лишь в редкие моменты коллективной эйфории. Впрочем, последнее могло ей лишь только показаться. Поскольку в следующий момент он уже отвернулся от нее, проговорив: - Не забудьте, на следующей неделе у нас обширная тема о шотландских корнях Мишеля Лермонта, - на французский манер произнес он имя русского поэта. – Заявок на участие в семинаре поступило очень много. До скорой встречи, милая мисс Ж.М.!

В конце галереи, ведущей к выходу из Центра, мисс Ж.М. натолкнулась на миссис Джейн Маккендри, смотрительницу церкви и, по совместительству Центра, приходившую сюда рано утром и уходившую поздно ночью – только для того, чтобы следить за тем, чтобы огромные скрипучие двери были надежно закрыты.

Выполняла она свою работу, на удивление доктора Сильвера и мисс

Ж.М., безупречно и методично. Доктор Сильвер иногда подшучивал над ней из-за ее мрачного вида, игриво подмигивая ей глазами и осведомляясь: «Ну-с, как ваше утро, наша очаровательная миссис Маккендри?». В ответ получал невнятное предложение заниматься своим делом, а ее красноречивый взгляд свидетельствовал, что в своей долгой жизни она видела и не таких лысых докторов...

В этот раз рядом стоял незнакомец в темном плаще. Завидев приближающуюся мисс Ж.М., он по непонятной причине незамедлительно отступил в затемненную часть галереи. «День, однако, полон странных впечатлений», - подумала мисс Ж.М., вежливо кивнула смотрительнице, внимательно наблюдавшей за происходящим в помещении Центра, и направилась к выходу. В этот момент она заметила нечто странное: большая свеча, которую они вместе с доктором еще с утра поставили у самого входа в Центр, догорая, отбрасывала на стены коридора тонкие, тёмно-серые тени фигур, крадущихся за молодой женщиной.

Странное чувство тревоги не покидало её. Она задалась вопросом - знаком ли ей этот человек? Может быть, это был коллега, которого она не смогла разглядеть...Она, отбросив последние колебания, вышла на улицу, раскрыла зонт и решительно двинулась туда, куда ей нужно было попасть вечером.

***

Прогуливаясь по дождливому Эдинбургу, она вспоминала в подробностях прошедший день, черпая вдохновение во влажном воздухе, воспроизводя в памяти ключевые моменты.

Город имел собственный взгляд, устремленный преимущественно в прошлое. К жителям он относился с отеческой снисходительностью, подпевая в унисон современному времени и гордо неся историю улиц и зданий, отражавших отголоски прошлого. В бытность студенткой Эдинбургского университета, мисс Ж.М., имела обыкновение выбираться наружу через чердачный люк квартиры на верхнем этаже дома, где она жила вместе с другими студентами, и долго прогуливаться, тайком от всех по крышам города. Трубы выглядели разнообразными и неожиданными образами, скрытыми от взора тех, кто находился внизу. Из них выходил серый, еле видимый дым и они как будто могли бы долго и с удовольствием рассказывать о своих хозяевах, или об угольщике, доставлявшем брикеты угля, которые служили спасением для многих поколений жителей Эдинбурга. Восход солнца был обворожительным. И не мудрено. Северное море так нежно качало и ласкало огненный шар, и розовая дорожка колыхалась, как в медленном вальсе, под размеренный рокот волн...

Мисс Ж.М остановилась перед антикварным магазином, расположенном в цокольном помещении небольшого, ничем не примечательного жилого дома на Роял Милле³, в трех кварталах от конторы нотариуса, где должна была состояться встреча с мистером Леердом . Очень странно, подумала мисс Ж.М. Ей не доводилось прежде бывать здесь, и магазин этот она видела впервые, хотя была уверена, что знает все заведения и агентства в Эдинбурге, связанные с антиквариатом. До встречи у нотариуса оставалось еще полчаса. Мисс Ж.М. потянула за ручку массивной двери и вошла внутрь.

С тяжелым насадным звуком, который неожиданно вверг её в странное состояние нереальности происходящего, дверь закрылась за ней. Возникло ощущение, что она попала в огромный калейдоскоп- то ли во времени, то ли в пространстве. Настолько смешались в этом месте предметы и образы разных эпох, вызывая ощущение их вселенской предопределенности и взаимосвязи.

Справившись с внезапно нахлынувшим, почти экстатическим ощущением, она подошла к конторке, за которой стоял продавец антикварного магазина. Тот был занят разговором с двумя другими покупателями, но, увидев новую посетительницу, все трое прервали беседу и повернулись в её сторону. Продавец, смуглый пожилой мужчина с густыми белыми бровями и серыми глазами, которые показались ей очень знакомыми, улыбнулся и вопросительно посмотрел. Двое посетителей также смотрели на неё с нескрываемым интересом, и тоже напоминали ей кого-то из её прошлого.

***

Это обстоятельство, в данный момент, не сильно занимало мисс Ж.М, поскольку её взгляд был прикован к предмету, размещенному на полке прямо за конторкой. Позднее, вспоминая эпизод в магазине, она пришла к заключению, что все старинные предметы, находившиеся там, были расставлены по всему помещению в определенной последовательности. Старинные часы, копья, медальоны, древние облачения, лупы, миниатюрные чашки, глобусы, драгоценные кольца и многое другое.

Каждый предмет имел особое значение не только для хозяина магазина, но и для выражения некой значимости, хотя на первый взгляд и неочевидной идеи. И что было очень удивительно прежде всего , мисс Ж.М. ощущала свою причастность ко всему происходящему. А, антикварный предмет над головой хозяина магазина, на который она сейчас смотрела , определенно являлся отправной точкой в ее выражении.

- Добрый день! Можно посмотреть эту серебряную лампу поближе? - попросила мисс Ж.М. у продавца после продолжительного молчания...

- Минуточку, - вежливо отвечал сероглазый продавец, одновременно извиняясь перед своими предыдущими покупателями. Они сразу же отошли вглубь салона и с демонстративным интересом принялись рассматривать выставленные вдоль стен предметы.

- Вот, пожалуйста, *ма шери* [4], только, прошу, будьте осторожны, - улыбаясь, продавец протянул ей лампу.

- Вы знаете, каково происхождение этой лампы? - спросила она, непроизвольно расплываясь в ответной улыбке.

- О, история этой лампы, насколько мне известно, настолько запутанная, что мне придется сначала поискать в архивных записях. Если вы оставите свой адрес, я подготовлю копии соответствующих документов и, при первой же возможности, вышлю их вам по почте. Или же приходите завтра с утра - я приготовлю хороший кофе, и мы вместе поищем то, что вас интересует - сияя веселыми, озорными глазами, предложил продавец.

- Попаду я к вам на кофе или нет, обещать не могу. Я оставлю вам свой почтовый адрес и буду ждать от вас весточки. Лампу же куплю

4- Моя дорогая(франц .)

прямо сейчас. - Мисс Ж.М. осведомилась о цене.

- Двадцать пять фунтов, *ма шери*.

Двое посетителей, до этого поглощенные рассматриванием выставленных на стендах предметов, вернулись к конторке и, деликатно выждав момент, посоветовали ей поторговаться.

До сих пор её не покидало странное чувство, что она их уже где-то видела, но не могла вспомнить. Где, когда, или при каких обстоятельствах могла знать про эту вещицу – эта мысль полностью занимала её внимание.

Недолго раздумывая, она решила подыграть этим странным господам, и они приступили к торгу, в итоге сошлись по цене, устраивающей и её, и продавца. При этом её «группа поддержки» по-детски радостно и удовлетворенно хлопали в ладоши. Интересно, что их так заводит? - подумала она. Вообще, ситуация была из ряда вон выходящая. Никто в таких магазинах обычно долго не торгуется, – растерянно похлопала своими длинными ресницами мисс Ж.М., - Похоже, традиции восточного базара добрались и до этого острова!

Она давно не испытывала такого удовольствия от покупки, положила в свою сумку завернутый пакет с лампой, оставила свой почтовый адрес. Мисс Ж.М. заранее извинилась на случай, если будет занята и не сможет зайти к нему на утренний кофе. Они условились, что если больше не увидятся, он вышлет архивные данные о проданной лампе.

Забрав покупку, мисс Ж.М. поспешила к нотариусу, и только позже, осознала, что эта покупка была, самым импульсивным поступком из всех тех, что она совершила за всю свою жизнь. Найти причины, побудившие ее сделать это, равно как и объяснения уверенности, что видела хозяина антикварного магазина и его двух посетителей раньше, она так и не смогла.

После встречи с мистером Леердом , торговым брокером, работавшим по договору с Центром и заключавшим от имени последнего сделки по приобретению антиквариата, и получив от него увесистую связку пожелтевших фолиантов, представлявших собой журналы портовой регистрации за весь период торговой навигации Шотландии с XVI по XVIII вв., и рассудив, что с таким грузом продолжать прогулку по вечернему Эдинбургу она уже не сможет, мисс Ж.М. направилась домой. По дороге заглянула в один из магазинчиков сельскохозяйственной кооперации и купила немного шерсти, попросив продавца, пожилого фермера, продемонстрировать способ изготовления фитиля. После чего зашла в свое любимое кафе, где присела в теплом, уютном уголке и заказала горячий чай из настоя ромашки, вытащила свой дневник, в котором отмечала все значимые события, и внесла все, что знала о новом приобретении.

Представила ситуацию, как эту лампу зажигали с помощью сделанным вручную шерстяным фитилем из натурального животного жира, а затем несли перед собой, освещая темные проходы к зловещим подвалам...

Придя домой, в ожидании темноты, занялась изготовлением фитиля из приобретенной шерсти, поместила фитиль в середине в лампы. Она осторожно щелкнула зажигалкой и зажгла лампу, испытывая полный восторг от всего происходящего. Фитиль горел на удивление ровно, достаточно ярко освещая темную комнату.

Осенний дождь нещадно барабанил по её окнам, учащаясь с каждым порывом холодного ветра. Накинув плащ и прикрывая огонь ладонью, она вышла в сад на заднем дворике своего дома.

Закрыла глаза и пыталась представить, что могли видеть жившие до неё люди при свете этой лампы. Дул сильный ветер, и дождь лил, как из ведра. Вдруг ей почудилось, что из-за ограды, увитой плющом, на нее кто-то смотрит – темный силуэт в низко надвинутом капюшоне. Она вздрогнула от неожиданности. С минуту с нарастающим страхом вглядывалась в сумрак, но после успокоилась, решила, что ей просто показалось. Почему-то вспомнился человек, стоявший сегодня рядом с миссис Джейн Маккендри, когда она выходила из Центра.

Мисс Ж.М. долго на улице стоять не смогла - огонь то и дело гас от ветра и дождя, и вскоре фитиль только дымил, издавая неприятный запах паленой шерсти.

Вернувшись домой, она включила камин, разогрела в чугунной плошке стакан молока и поставила на журнальный столик лампу и магнитофон. Согревшись в теплой комнате, снова вслушивалась в голос прошлого, который рассказывал о былых событиях и уносил её куда-то вдаль.

Кассетная запись сделана была ею совершенно случайно еще в юности, на магнитофон, подаренный ей на день рождения. Прошли годы, и теперь история ее предков, увлекательно рассказанная её дедушкой, давала уникальную возможность использовать содержащуюся в ней бесценную информацию, с большой выгодой для себя и для исторической науки , которую она представляла , работая в « ЛМР». Она только сейчас стала понимать, что дед сделал ей поистине царский подарок, согласившись провести пару часов у микрофона: он – в качестве рассказчика, она – в качестве репортера. Тогда это было игрой. Теперь стало делом ее жизни.

...".‎..А,ключом к разгадке является медальон, с прозрачным камнем. Медальон этот, при необходимом освещении - пусть это будет лампа или свеча, создаст эффект прожектора и проявит тайные знаки. При их размещении в определенной последовательности, они раскроют тайны древности, до ныне сокрытых людей,– звучал хриплый голос с кассеты. - Следуй тому, что сообщат эти знаки, и получишь ответы на интересующие тебя вопросы».

Она поставила воспроизведение на паузу, пытаясь визуально представить эту много раз услышанную инструкцию: события, людей и их судьбы, из незамысловатого повествования ее деда, и мысленно рисовала план действий для вещественного восстановления образов из его рассказов.

Долго разглядывала серебряную лампу, изучая узоры. Лампа была тяжелая. Ее приходилось держать обеими руками. Ручка, при нажатии на симметрично расположенные по бокам углубления, откидывалась назад, открывая в корпусе отверстие, куда, скорее всего, наливались чернила. Лампу можно было использовать и как чернильницу. Что же еще? Мисс Ж.М. не оставляла уверенность, что между этой лампой, повествованиями деда и, возможно, загадочным пожаром в церкви на Лоурситон Роуд существовала какая-то связь. Но какая? Кхм...

«Завтра, нужно обязательно перелистать архивы вместе с доктором Сильвером. Расскажу ему об этом колдовском магазинчике, покажу лампу - он-то уж непременно развеет сомнения и даст убедительное объяснение происходившему сегодня», - мисс Ж.М. убрала со лба упавшую прядь волос и потерла уставшие глаза.

Каждый эпизод повествования белобородого старца Токтогула

имел принципиальное значение, она была в этом уверена на подсознательном уровне и теперь стремилась отразить эти эпизоды графически, предметно. Единственный способ достичь цели - следовать подсказкам и идти по мелкой, бесконечной цепочке фактов, от одного к другому. Пытаясь уяснить одну тайну за другой...

В который раз она посмотрела на стоявшую перед ней таинственную лампу.

***

На следующее утро, выпив крепкозаваренного чая с двумя чайными ложками меда, чтобы согреться в такую сырую и холодную погоду, собрала все свои документы и захватив пакет с серебряной лампой, направилась в городскую библиотеку, где её с нетерпением ждал доктор Брэндон Сильвер. Он намеревался подробнейшим образом расспросить биографию русского поэта Михаила Лермонтова. К его удивлению, Лермонтов являлся одним из её самых любимых русских литераторов, и она знала о нем практически все, включая историю его прадеда, (воевавшего за шведов наемным солдатом), попавшего в плен под Полтавой и оставшегося жить России.

- Как это все интересно, ведь к нам скоро приедут те, кого очень интересует происхождение поэта! Я уже подобрал все необходимые документы. Будет над чем поработать на семинарах. - доктор Сильвер с гордостью показал своей ассистентке старинные записи, которые ему удалось скопировать накануне в городском архиве.

- Просто замечательно, доктор, - с готовностью откликнулась мисс Ж.М.. Ее всегда воодушевлял невероятный энтузиазм этого человека. Затем, сделав паузу несколько неуверенно, сообщила ему:

- Вчера я купила одну странную вещь...

- Что за вещь? - сразу насторожился доктор Сильвер, - Надеюсь, вы мне расскажете? Он смаковал свой кофе и, безмятежно улыбаясь, ждал продолжения.

- О да, дорогой доктор, именно для этого я ее и захватила с собой, - так же вежливо отвечала она, вытаскивая лампу.

- Бог мой, какой необычный предмет?! Весьма необычный! - забормотал доктор, бережно поворачивая лампу к себе то одной стороной, то другой.

- Да, да, доктор, именно так! - закивала головой мисс Ж.М.. Она допила свой чай и замерла в ожидании вердикта.

- Где вам удалось раздобыть эту вещицу? – Доктор поправил очки, прищурил глаза и на какое-то время погрузился в размышления.

- Вчера я наткнулась на очень странный антикварный магазин.... Не знаю, как я туда попала, меня туда словно кто-то за руку привел! Я зашла в этот магазин и купила эту странную вещь, сама не зная почему. Познакомилась с удивительным продавцом, который обещал мне прислать архивные записи, – ответила мисс Ж.М. с вибрацией в голосе, теребя кончик локона, сползшего ей на лоб, и смотря прямо в глаза доктору.

- Пожалуй, мы можем попробовать разобраться, как лампа попала сюда. Ведь теперь в нашем распоряжении имеется вполне исчерпывающий архив журналов регистрации морских судов, на которых с Континента в Эдинбург столетиями, в великом множестве, прибывали миссионеры и торговые люди.

- Простите, доктор! Можно ли допустить, что эта серебряная лампа могла прибыть не из Европы, а из гораздо более далеких стран? Если это так, возможно, изучение приведет меня к тем ответам, которых я давно искала, - тихо произнесла мисс Ж.М..

- Ах да, вы ведь мне рассказывали, что ведете какие-то записи, и упоминали о довольно необычной истории... Может быть, пришло время поделиться кое-какими деталями? – Доктор лукаво посмотрел на неё. - Кстати, вы говорили, что кто-то из ваших знакомых историков не так давно выезжал в Кыргызстан, не так ли? - заказав еще одну чашку крепкого кофе, он долго листал что-то в своем ноутбуке. Дождавшись кофе, сделав аккуратный глоток, надолго задумался. Как человек, непосредственно занимавшийся исторической наукой и такой прикладной дисциплиной, как генеалогия, Доктор Сильвер всегда проявлял большой интерес к Центральной Азии.

- Доктор Сильвер, - мисс Ж.М. осторожно вывела его из глубокой задумчивости, в которой он витал, вероятно, уже в поиске каких-то догадок.

- Как? А... Простите, - повернув в её сторону свой ноутбук, он показал электронную версию архивной копии регистрационной ведомости, которой говорилось, что в конце 16-го - начале 17-го веков - до того, как произошел тот самый пожар, в Эдинбург из Турции прибыло торговое судно, везшее груз разнообразных товаров из Центральной Азии, поставщиком которых были страны Великого Шелкового Пути, т.е. Азии, Африки и Индокитая...

Доктор и мисс Ж.М. не заметили , как скоротали весь день в поисках деталей и наступил вечер.

- Давайте-ка, съездим в наш Центр, - предложила мисс Ж.М., у которой от волнения пульсировали венки. Собрав все, что лежало на столе, они вызвали такси и ринулись из библиотеки. Доехав до Центра, позвонили и стали с нетерпением ждать, когда откроется огромная дверь.

- Добрый вечер, дорогая миссис Джейн Маккендри, - поздоровался Доктор Сильвер, как всегда шутливо подмигнув ей.

- Почему так поздно? – буркнула та. Она уже собиралась закрывать Центр, и теперь недовольным взглядом уставилась на них.

Мисс Ж.М., украдкой заглянула в тот самый угол, где вчера видела очень подозрительного незнакомца в темном плаще.

- Что вы все там высматриваете? Вы что-то потеряли, мисс Ж.М.? - неприятно прищурилась миссис Маккендри.

- Не переживайте, и доброго вам вечера, дорогая, мы сами все тут закроем и даже помоем за собой посуду! - Доктор Сильвер, перехватил у нее огромный ключ, деликатно выпроводил миссис Маккендри и закрыл скрипучую дверь.

Странные чувства охватили мисс Ж.М. в этом старом здании в сумерках. Казалось, что в такой поздний час из пустоты помещения на свет должны были явиться фантомы всевозможных событий прошедших лет. От разыгравшегося воображения закружилась голова. Такое с ней происходило очень часто... Прибытие таинственного корабля, с таинственным пассажиром на борту. Связь прошлого с настоящим. Ах, если бы только можно было воочию восстановить картину всего, что было тогда и имеет продолжение сейчас!

Мисс Ж.М. удавалось представить всех жителей Эдинбурга того периода, включая тех, кто строил эту часть города, эту церковь, игравшую большую роль в жизни, как самих горожан, так и приезжих.

Как заманчиво и интересно! Мечты, мечты...

- Ну что ж, начнем. Вот документы с перечнем всех кораблей, заходивших в порт Эдинбурга в период его стремительного развития как портового и торгового центра Шотландии. Итак, в 1621-ом году, когда был «запрет на соломенные крыши», прибывают корабли, привозившие с собой купцов из Скандинавских, Балтийских, Западно-Европейских, Африканских и Азиатских стран. Здесь и списки прибывших пассажиров и опись ценных грузов. Некоторые гости были настолько любезны, что оставили свои инициалы, просьбы и даже пожелания, - надев белые перчатки, доктор Сильвер стал аккуратно перелистывать страницы, вооружившись огромной лупой, передвигая настольную лампу и тщательно просматривая список за списком.

- Давайте посмотрим вашу серебряную лампу еще раз, - наконец попросил он, не отрываясь от бумаг.

Держа лупу перед собой, Доктор Сильвер принялся тщательно её рассматривать и очень скоро с ликованием возвестил, что нашел инициалы, аналогичные записям в старинном фолианте - очень тонко отчеканенные буквы, у самого основания лампы.

- Пожалуйста - «Иван IV», а дальше цифры смазаны... А вот вам еще, в книге кто-то оставил пожелание латинскими буквами: «Пусть вещица сия найдет своего хозяина, да и приведет его к тем местам, где святую тропинку встретит». И далее - инициалы «Дарья, дочь Ивана IV».

-Боже мой! Все это время я тщетно искала нужное мне в записях, отсутствовала лишь самая малюсенькая ниточка, соединявшая день прошлый с днем сегодняшним! - с восторгом развернув книгу и позаимствовав у Доктора Сильвера лупу, мисс Ж.М., стала всматриваться в таинственные инициалы, разглядывая почерк в журнале и написанные на основании лампы инициалы.

Они долго сидели, застыв от невероятной находки, пытаясь представить, каким образом былое могло быть связанно со временем, в котором находилась Ж.М....

- Ну, присаживайтесь, мисс Ж.М., присаживайтесь, - предложил Доктор Сильвер, наливая в стакан виски и предлагая его своей ассистентке, которая нервно ходила по комнате. Машинально отпив, она снова стала рассматривать почерк, лампу, сверяясь с записями в ноутбуке. Оба находились в крайне возбужденном состоянии. Доктор Сильвер откинулся в кресле и с нетерпением ждал, когда же мисс Ж.М. оторвется от журнала и начнет свой рассказ...

***

Страна садов восходит к горизонту
А от него воздушный свет несет.
Корявых крон коричневеет контур,
Врисованны ветвями в горизонт.
А путники, спустившись с гор, устали...
И вот, войдя в цветущую страну,
Следят, как пухом из долинных далей
Снега цветов слетают в тишину[5]

5- Стихи Таш Мияшева . Перевод М. Смельникова.

Часть III

«Рождение Кара-Чоро»

События происходят в половине 16 века, в Фергане.

Фергана - Пери - Кана («Город Ангелов», «Красивый город»). Город, расположенный на древнем Шелковом Пути; райское место. Его трудно описать словами. Величественная природа, красота садов и оазисов Центральной Азии всегда привлекала караваны, шедшие из Индии , Китая и Древней Руси через Центральную Азию до самой Европы.

...Запах сушеного винограда и яблок заряжал воздух. Это было проявлением щедрости и богатства природы...

С утра до позднего вечера местные жители собирали урожай - женщины расстилали большие, сотканную из хлопка материю, мелко нарезали яблоки, поспевший урюк, собранные детишками, стариками и молодыми мужчинами, раскрывали на две части спелые, сочные, с волшебным ароматом и имеющие особенный сладкий вкус яблоки, раскладывали их во дворе, чтобы по-осеннему щадящее солнце высушило их. Такая традиционная подготовка к зиме имеет особый колорит и характер. Ранней осенью деревья слегка меняли краски, и природа представала взгляду, словно облитая золотом. Бордовые листья виноградников нашептывали беззвучную, волшебную мелодию, а спелые гроздья винограда будто танцевали нежный восточный танец, покачиваясь в такт щедрой природе, в гармонии с людьми.

Женщины и дети, поработав, принимались есть спелые дыни, таявшие во рту, и одурманивающие своим запахом лепешки, только что испеченные в тандырах. Обычно, после такого ужина, люди испытывая приятную усталость , готовились ко сну.

Невероятно огромная луна, звезды, рассыпанные по небу, мерцали, словно переговаривались друг с другом. Тонкой нитью волнисто протягивалось, подобно тонкой паутине, разделяя луну на две части, облако. Легкий ветер, невидимый небесный скульптор, лепил из податливого тела облака различные фигурки, в которых местные старики искали признаки добрых предзнаменований.

- А-а-а, а-а-а-а, помогите!- уже второй час стонала от боли в изнеможении женщина лет двадцати пяти. От родовых схваток глаза ее блестели ярче черной смородины после летнего дождя, а губы, прикушенные до крови, были алы как маки, распускающиеся в мае. Родовые схватки начались днем, когда она готовила в большом самоваре чай. Она не придала этому особого значения, так как говорили, что роды у нее начнутся лишь после сбора урожая. Престарелые женщины готовили горячую воду, разведя во дворе небольшой костер, и своим присутствием придавали беременной уверенность в успешном разрешении от бремени.

Окружавшие женщины время от времени уговаривали ее расслабиться и отдышаться, через некоторое время заново подходили к рожающей, поглаживая ее живот мягкой и теплой белой тряпицей из хлопка.

- А-а-а, помогите, помогите! Табып апа?

- Потерпи, милая Томчи, потерпи. Говорят, в эти дни дети рождаются и в соседних селах! Полнолуние, вас много, это же чудесно! Такое происходит лишь раз в десять или тридцать лет!

- Тужься, Томчи, - говорила соседка среднего возраста, с пышной грудью, светлой кожей и узкими карими глазами, в короткой бархатной жилетке с красивыми узорами поверх легкого атласного платьица. Её тонкие кисти и длинные пальцы нежно поглаживали виски Томчи.

Двенадцатилетний Дастан, мальчишка с озорными глазками, светловолосый, не дающий покоя родителям, настоящий сорванец в белой тонкой рубашке с шапкой на голове, прибежал с хорошей новостью.

- Томчи! Наша Табып апа уже близко. Мой отец, Канатбек, поскакал за ней в поселок, они вот-вот будут здесь!

Стали слышны голоса, и во двор на лошадях примчались люди, среди которых громким голосом выделялась пожилая женщина.

- Ой, иду я... Иду! - Табып (лекарь) слезая с лошади, держала в руках чашу с дымящей арчой[6] и приговаривала что-то при этом. С огромным белым платком на голове, блестящей обувью на ногах, искрящими глазами, густыми бровями и с большой и необычной родинкой под левым глазом- все это придавало особый характер этой пожилой и мудрой женщине. Про нее говорили, что она потомок тех, кто в свое время чудесным образом спаслись бегством от тирании. Бежали из далеких стран, скитаясь годами, до тех пор, пока не осели в этих краях...

- Отойдите от Томчи, ишь, ишь, - сказала она женщинам и, подойдя к Томчи, тихо проговорила: - О Всевышний, помоги в эту чудную ночь появиться малышу на свет здоровым! Бисмиилла, суф, суф. Так она повторила несколько раз.

- Теперь, Томчи, смотри на меня и сильнее тужься. Боли не почувствуешь ни капли - запах арчи тебя успокоит. Мои руки медленно пройдутся по животику, а ты со всей силой тужься, родная! Бисмиилла, вот еще немножко местного лекарства, положи под язык опиум.

- А-а-а, а-а-а-а! - изо всех сил, изнемогая, тужилась Томчи. Приятный запах тлеющей арчи и опиум постепенно подействовали, и она уже не чувствовала нестерпимой боли.

- Вижу головку, вижу плечи... еще раз, Томчи-и-и! - громко увещевала ее Табып.

И вдруг - громкий крик ребенка, от которого все на мгновение замерли - крик жизни, новой жизни!!!

- Томчи, мальчик! Какая радость, родился мальчик! - прослезились от радости женщины.

Табып держала в руках громко плачущего новорожденного мальчика!

- О Всевышний, о Святая Умай-эне, спасибо за помощь, - продолжала молиться Табып.

- Томчи, мы положим ребенка к тебе на грудь, и он запомнит твой запах, материнский запах, навсегда! –улыбаясь ласковым голосом сказала Табып, сияя от восторга.

Мальчик громко плакал и тыкался покрасневшим носиком в тело матери, ища и принюхиваясь к её запаху.

---

6 *Дымящуюся арчу используют для рассеивания злой энергии или же привлечения добрых духов*

-Как назовешь его, Томчи? - спрашивали женщины.

Изможденная, плачущая от радости Томчи молилась и благодарила Всевышнего, шептала что-то на ухо ребенку. Все присутствующие притихли в умилении.

- Его отец просил назвать сына Кара-Чоро, - наконец сказала Томчи.

- Добро пожаловать в наш мир, Кара-Чоро! - осторожно перерезав пуповину омыв в теплой воде, лекарь завернула ребенка в белую пеленку...

Изредка были слышны крики младенца. Кара-Чоро, причмокивая, сосал грудь матери. Голос у него был громкий, но плакал он не часто.

- Ах, какие глазки у него, светло-карие! А кожа смуглая, как у матери, - нежно шептали соседки, помогая Томчи пеленать малыша.

Соседки Томчи и Табып не уходили к себе до тех пор, пока Томчи полностью не окрепнула после родов. Такая традиция существовала в краях Центральной Азии испокон веков.

После рождения первые сорок дней ребенка, людям не показывали. По старинным обычаям, эти сорок дней считались особенными. Все ангелы-хранители приходили в эти дни пожелать ребенку здоровья и успехов.

***

Годы мчатся без оглядки,
Мать с ребенком неразлучны.
По весне, в цветах черешни,
В песне голоса созвучны.
Летом сына мать рыбачить
Учит возле быстрой речки...
Рос мальчишка, в радость всем
Помогая старикам,
Косит осенью траву,
Стелит крышу старикам,
Получает озорной,
Кличку- славный мальчуган.

Бровки черные мигая,
Хулиган – он был большой
Вот настал весенний праздник,
Что-то с местной ребятнёй
Вот глядишь раздор большой
Все в округе в быстрой спешке
Собрались у арыка,
Там, мальчишки разругались,
Шум поднялся, крик, возня...

Часть IV

«Скажи мне, мама, где мой отец»

Стоял прекрасный теплый весенний день. В округе праздновали «Нооруз». Женщины переодевались в самые яркие и новые одежды. Праздник ознаменовывал начало нового сезона. По старинному обычаю, его называли приходом Весны или весенним равноденствием.

Говорят, в этот день все Боги спустились к реке напиться кристально чистой воды, и кто-то из них в безмерном восхищении проговорил: «Новые надежды, новый день, и новое начало... Нооруз!»[7]

Белокрылые ангелы, витавшие вокруг Богов, преподносили им подносы, состоящие из семи блюд, названия которых начинаются с буквы «С» - сумолек, сипанд, сирке, сэмени, сабзи[7], и ставили зеркала, свечи и крашеные яйца. Все перечисленное имело символическое значение: свеча — свет, оберегающий человека от злых духов; яйца и зеркала - завершение старого года и наступление первого дня нового.

Этот праздник совпадает с цветением черешни и яблонь, а запах зеленой травы и прохлада кристально-чистых ручьёв наполняют волшебством жизнь в этом чудесном краю под названием «Фергана».

***

Все живое в округе развлекалось от души!

Все кругом цвело, запах яблонь и цветущих полян, шедших с бескрайних лугов, купавшихся в безумстве ярко-зеленного цветенья что кружило голову.

Земля в этих краях славилась своим плодородием. Природа и люди

7- *Сумолек-, сипанд-, сирке-, уксус-, сэмени- проросшая пшеница, сабзи- зелень.*

8- *Кости- типичная игра , как в домино.*

сливались в дуэте, исполняя серенаду вечной любви. Природа щедро дарила свои плоды.

***

Дети, игравшие посреди узкой и пыльной глинистой улочки, часто спорили. Дети не могут лгать, но щадить друг друга тоже не умеют...

На этот раз, мальчишки поссорились, играя в кости[8] . Кара-Чоро забился в угол, в обиде на своих сверстников, которые не раз жаловались на его характер и избыток силы, но не посмевший ничего сказать в свою защиту.

- Но это же игра! Почему никто не может играть в кости по правилам? Это же так просто, - пытался он объяснить взрослым, собравшимся на шум ребячьей возни.

- Мама, он первый начал дурачить нас, отобрал наши шапки, которые только что подарили! - прокричал рыжий мальчик, показывая на Кара-Чоро, и коварно метнул горсть песка прямо в глаза Кара-Чоро.

- Ааахххх, больно же! Ты всегда играешь не честно и без правил, - протирая глаза и громко закричал Кара-Чоро.

Кара-Чоро стоял в углу и задыхался от обиды. Было обидно до слез, что его постоянно обзывали «безотцовщиной». От этой обиды ему хотелось отобрать у своих приятелей их новые шапки и швырнуть в ближайшую речку.

- Что ты за сорванец такой! – воскликнула Табып, одна из самых старых женщин в селе. Табып знала всех здешних, кто, откуда и когда поселился в этих местах, какие события и когда здесь происходили. К ней за советом обращались многие жители этого края и даже путники. Она отличалась мудростью, знала все традиции. Часто собирала ребятню, рассказывая легенды и сказки. Табып, которая славилась особым природным даром, принимала роды у всех женщин, как же ей было не знать и про характер детишек, и как они растут, и какое у каждого из них особое предназначение в жизни! Туго натянутый блестящий шелковый платок, поверх которого еще один - белый, из хлопка, служивший и веером, и зонтом, защищая голову от жары и холода одновременно. Одета была Табып в свободное атласное платье синего цвета, на ногах были шлепки с узенькой головкой и вышитые золотистыми тесемками.

Табып взяла мальчика за руку, и сказала:

- Пойдем-ка, дорогой, к речке , надо смыть песок и грязь, потом отведу тебя к твоей маме. А вы не жалуйтесь своим родителям попусту! Игра есть игра, – с улыбкой буркнула она, уводя мальчика прочь.

По дороге Кара-Чоро ничего не спрашивал у Табып, лишь только поглядывал на нее твердым взглядом.

- Вот, привела тебе, Томчи, твоего сына, опять не поладил с ребятами, - присев на топчан и попивая зеленый чай, с ухмылкой рассказывала Табып.

- Спасибо, уважаемая, что привели его, этот сорванец и непоседа натворил глупостей, - говорила Томчи, опустив глаза.

- Не печалься, и не ругай его. У Кара-Чоро сильный характер, и судьба его ждет нелегкая. Ты лучше иди и спокойно поговори, он мальчик смышленый, - сказала напоследок старая женщина, уходя и закрывая за собой калитку. Солнце уже садилось, две женщины успели обменяться «секретами» про соседок и прочими сплетнями.

- Мама, попроси одного из слуг , пусть на огне приготовит мне кукурузы   из молочного   початка, - смотря на Томчи грустными глазами, попросил Кара-Чоро.

- Хорошо сынок... Ладно, милейшая Табып, еще раз, спасибо за то, что смогли зайти ко мне, будьте здоровы, заходите еще! Вам я всегда рада, - попрощавшись с Табып, Томчи, ничего не подозревая, пошла во двор попросить одного из слуг растопить огонь и пожарить кукурузы для Кара- Чоро.

- Сынок, вот твоя кукуруза. Томчи несла с радостью на подносе его заказ, после тщательной прожарки в тлеющем огне очага, установленном во дворе.

- Мама, набери мне горсть и подай в ладошки, пожалуйста, - очень серьезным голосом сказал Кара-Чоро.

Ничего не подозревая, Томчи набрала горячей жареной кукурузы в ладони, и когда она хотела поднести ее сыну, Кара-Чоро со всей силой ухватил Томчи за руки и громким, умоляющим голосом и со слезами на глазах спросил:

- Мама, скажи мне, кто мой отец и где он !? Скажи мне, умоляю! продолжал крепко держать ладони матери.

- А-а-а, сынок, ладони горят, отпусти! Скажу, скажу! Отпусти,

пожалей и пощади меня, Кара-Чоро! - закричала Томчи.

На ее крики, к ним во двор сбежались соседи, и первыми из них - Канатбек со своей женой Саадат. Там они увидели, как Томчи, засунув обе ладони в тазик с холодной водой, пыталась что-то рассказать сыну.

- Что случилось, Томчи?! - с испуганным голосом спросил Канатбек, таращась на мать с сыном, усевшихся во дворе на топчан.

Через несколько мгновений он понял, что Кара-Чоро просит рассказать об отце, Тагай-бие, поглаживая мальчишку по спине, сказал, что завтра утром, когда они полезут на крышу встречать восход, все расскажет. И пожелав Томчи и ее сыну хороших снов, удалился с женой к себе домой.

На следующее утро, взобравшись на крышу дома и поглядывая на двенадцатилетнего мальчишку, сына своего лучшего друга Тагай-бия, Канатбек начал свой рассказ. Они пили кефир, добавляя в него воду и соль, чтобы спастись от наступающей жары.

Кара-Чоро внимательно слушал Канатбека, не сводя с него изумленных глаз.

В таком возрасте мальчишки становятся мужчинами, ищут для подражания героев, рисуют в мыслях, кому они могли бы довериться и рассказать сокровенные тайны, о которых не узнал бы никто.

Таким секретом Кара-Чоро мог бы поделиться только с Канатбеком. Тот всегда давал очень добрые и умные советы!

Канатбеку было уже 65- 68 лет, и о нем говорили, что приехал он в эти края ровно лет двенадцать назад!

***

Говорят, что был он самым верным другом одного важного бия из Северных краев, куда Кара-Чоро не зря устремлял свой взгляд тем ранним утром, где они встречали восход!

В степях по соседству от Северных краев Канатбек когда-то владел землей и имел небольшую армию. Затем Джунгары взяли в плен весь его младший жуз[9].

Он уцелел чудом, бежал, встретился с новыми людьми, обосновавшись, жил и служил верой и правдой северному хану.

---

9 жуз - сотники (род)

Канатбек поведал Кара-Чоро о злых Джунгарах [10], которые жгли и уничтожали все живое у себя на пути, он и его родичи были опорой в борьбе со злыми духами, сопровождавшими врагов.

***

В силу величия своего характера, Канатбек и его жуз долгие годы сопровождали караваны с ценными грузами, которое должны были переправляться с одной территорию на другую , и боролись за интересы тех или иных народов, из-за чего прославились как «белые воины пустыни» - защитники торговых путей.

К ним за помощью обращались караван-баши, подвергавшиеся большому риску, которые с легкостью могли, затеряться навечно в этих бескрайних степях или стать добычей беспощадных Джунгар и прочих темных сил.

Караваны, имевшие тесную связь с Золотой Ордой, в грузы которых включались бесценные рукописи римских правителей, древних жителей Скандинавии, секреты медицины египетских фараонов, рукописи, проходили по всей Центральной Азии и по территории великой Руси, социальный статус которой имел большое значение для мирных переговоров и торговли. Шелковый Путь, безусловно, влиял на развитие торговли и сосуществование всех жителей этой местности.

Когда, Канатбек прибыл к Тагай Бию, он отличался от местных языком, слова звучали мягче местного диалекта Северных жителей. Он был хорошим советником в ратных делах. Его узкие , добрые глаза искали то , что осталось где-то позади , в дали в родных землях. Взор его был обращен в прошлое, в чутком взгляде Канатбека навсегда поселилась тревога, его орлиный нос выдавал благородство и степенность. Он был задумчив и немногословен.

В свое время кто-то из джунгар предал его, чтобы завладеть его пастбищем. Самым злостным и коварным врагом оказался тот, кому

---

10 *Джунгары – представители многочисленных племен и народов. На территории Волго- Донского междуречья, последовательно сменяли практически все народы тепной полосы Восточной Европы киммерийцы, скифы, гунны, половцы.*

43

он доверился - человеку, однажды пришедшему в его края в лохмотьях дервиша вместе с рыжей, щекастой и губастой женщиной, про которую втайне говорили, что она злая ведьма[11], впоследствии в один из вечеров она сварила зелье из крапивы и напоила им его воинов. Те оказались бессильны перед армией джунгар, напавших под утро...

Канатбек, ни о чем не подозревая, оставил семью и пастбище, поехал на охоту. На обратном пути наткнулся на своего соседа Баатыржана, раненный, истекающий кровью, тот прятался вместе с женой и новорожденным ребенком в пещере, убежав от гостя Канатбека, которому он дал кров и землю.

Баатыржан рассказал, что чужак захватил пастбище и уничтожил семью, напав с полчищем джунгар, и теперь ищет Канатбека, чтобы повесить, без суда и без жалости!

Воинов, которых опоила та рыжая ведьма, перерезали ранним утром и, собрав всех в одну юрту, сожгли на глазах детей, женщин и стариков.

- А что с моей семьей? Что с ними? - кричал Канатбек, не веря тому, что услышал.

- Твоя жена сопротивлялась джунгарам до последнего! Увидев, как те жгут полуживых джигитов, забежала в горящую юрту, задохнулась в дыму и сгорела вместе с ними, - смертельно раненный сосед, хрипя через силу, смотрел на него молящими глазами и продолжал:

- Канатбек, я всегда был тебе верным другом! Воспитай моего сына, как своего! Люби мою жену, как собственную! Канатбек, жестокость не знает границ! Беги, беги на Север! Скачи к Тагай-бию. Возьми этого верблюда. Он крепкий и сможет уйти от погони. Пусть сам Всевышний укажет тебе путь... Меня же оставь, раны мои смертельны... Один удар копья джунгара - и я повержен в прах. О безумный мир! Люди - безумцы! Человеческая жестокость, зависть, предательство и зло не знают границ! Но я благодарен, что у меня есть мой сын - Дастан! Спрячьтесь в пещере, а меня оставьте здесь! - он хотел сделать глоток воды, но силы покинули его. Баатыржан опрокинулся навзничь, издав свой последний вздох!

Сердце Канатбека переполнилось гневом и печалью. Он крепко

---

11 *Ведьма —занимается колдовством , призывает духов, как в добрых, так и злых целях.*

сжал Баатыржана и, подняв к небу мокрое от слез лицо, прокричал в отчаянии:

- О Всевышний, дай сил, дай чистого воздуха! Завтра наступит новый день, и заново в небе запоет жаворонок! Усыпи и упокой душу моего друга, пусть герой спит вечным сном, на своей земле, казахской! Омин!

Заложив тело друга камнями и прочитав молитву, Канатбек привязал свою лошадь к верблюду и незамедлительно выехал вместе с вдовой и сыном Баатыржана на Север! Саадат пристроилась позади Канатбека, крепко обняв Дастана и прижавшись к горбу большого верблюда. Покрытая пылью, она вся дрожала от потрясения, но не могла ни громко кричать, ни плакать, ведь за ними неслись в погоню джунгары. Саадат молчала многие месяцы и только по ночам горько рыдала у реки, вспоминая о своем муже Батыржане...

***

- Ты в моем сердце на вечно , тобой дышим мы оба...
  Я живу , и несу в себе две жизни,
  Ты со мной везде и всюду,
  О Баатыржан - ты мой навеки...
  Пусть наши нежные ночи приходят ко мне во сне,
  Ты ли теперь стал воробушком,
  Который прыгал на поляне сегодня ?
  Я вижу тебя повсюду и даже во сне своем...

Канатбек принял вдову своего друга Саадат и его сына Дастана, как родных, и помогал им во всем.

Когда они прибыли в Северные края, их встретили местные жители, которым они подробно рассказали о своем бегстве из родных казахских степей.

Узнав эту историю, Тагай-бий разгневался и приказал дать Канатбеку и его новой семье юрту с наделом земли и поселил их, в своей вотчине.

Говорят, Тагай-бий был щедр. На его пастбищах паслись

бесчисленные табуны лошадей, у которых было самое вкусное в здешних краях молоко, из которого готовился изумительного вкуса кумыс [12].

Так и остались они у своего нового покровителя, сойдясь с местным народом и усвоив его обычаи. И все-же, здешние сплетницы не унимались и все перешептывались, о том, что Саадат, на самом деле, не жена Канатбеку, а сестра: уж слишком целомудренно ведут они себя, даже оставшись наедине. Глупые слухи доходили до Канатбека, но он не придавал этому никакого значения...

Мнение местных жителей не волновало и Саадат. Вместе с любовью растили мальчишку, и светловолосый, с озорными глазками Дастан отвечал им взаимностью.

Канатбек никогда не оставлял жену и сына одних. Саадат он брал с собой даже на охоту, где учил ее стрелять из лука. Канатбек завязывал пояс на груди и заворачивал в него Дастана, и так они оставались неразлучны. Такие походы были для Канатбека отдыхом, где он старался сохранять свое достоинство, и жить полной жизнью, невзирая на тяжести судьбы. Он хотел, чтобы Саадат заново полюбила жизнь, а его приняла как мужа. Старания эти не дали Канатбеку уйти в себя и умереть от горя и утраты и тоски по родной земле.

Он был терпелив...

В одну прекрасную ночь, когда сын крепко спал, Саадат, распустив волосы, тихо разбудила Канатбека и шепнула ему на ухо, чтобы он вышел из юрты.

Новая луна, вырисовываясь тонким контуром, ознаменовывала собой начало нового месяца.

Под пение сверчков темные теплые ночи казались волшебными. Звезды ярко горели, а водопад, шумевший неподалеку, придавал этой ночи еще больше очарования.

Саадат была красива как никогда. Ее взгляд колебался, а губы дрожали от невыплаканных слез.

- Я видела сон, Канатбек. Тот воробушек, который пел сегодня рядом с нашей юртой, был дух моего мужа. Он сказал: «Живи за нас двоих! Живи, Саадат. Не грусти и не плачь обо мне!»

---

12 — Кобылье молоко.

Слезы в эту ночь лились рекой! Вся дрожа, она крепко обняла Канатбека, губы ее соприкоснулись с губам нового мужа...

Они долго и нежно целовались, говорили друг другу нежные слова, насколько прекрасна жизнь.

Канатбек ласкал Саадат, и она не могла сдержать слез счастья, ибо рядом был ее спаситель, ее герой, вырастивший ее Дастана как своего собственного сына.

- Канатбек, возьми меня, люби меня, я буду верна тебе! Ты - мой герой и спаситель мой. Ты - отец моего сына!

Они слились в порыве страстной любви, пыл и нега телесного наслаждения разгорались, как костер в летней ночи, и казалось, все вокруг замирало, и рождалось заново!

На миг, они ощутили себя в раю. Канатбек, долго ждавший этого момента, стиснул своими крепкими руками Саадат, их тела слились, как два потока одной большой реки. Уже в полузабытье они продолжали говорить слова любви и нежности! Эти мгновения телесного наслаждения, которое запомнится им навсегда. Жар лета, пылкость любовников, мощь речного потока- в сотворении новой волны и новой жизни.

- Саадат, Саадат!.. Ты - все, что осталось от родной земли! Все, что напоминает мне, где и зачем я жил - это ты и Дастан! - шептал ей на ухо Канатбек.

- Ты - мое дыхание, мои сила и слабость. Саадат, если бы не вы оба, я давно зачах бы от тоски, от горя и не смог выжить. В тебе – сила нашей родной земли, сила Хан-Тенгри. Ты тот самый ручей из которого мы черпали воду, ты тот хлеб, что мы пекли, ты – мой сон и мое будущее, – говорил, крепко целуя Саадат в шею и утопал в её пышной груди, Канатбек.

- Милый, прости, что я так долго шла к тебе. Прости, что заставила тебя ждать. Я родилась в твоих объятиях, желанной и любимой, - страстно шептала Саадат, подаваясь вперед грудью, утопала в нежной плотской любви со своим новым мужем...

Он долго говорил о степных просторах, которые остались где-то далеко. Она молча слушала его, а затем принималась вполголоса напевать старинные песни их родиной земли, и слушателем теперь становился он...

***

В одну из таких ночей они зачали сына, который родится и будет их общей радостью, и младшим братом Дастану, и назовут они егоДанияром.

***

Пройдет девять или десять лет, прибудет посланец, который позовет на очередной совет всех биев, малых и больших родов, всех жителей Центральной Азии. В этот путь Канатбек отправится с Саадат, сыновьями Дастаном и Данияром и своими воинами, сопровождая кыргызского хана Тагай-бия, которому он служил верой и правдой. Говорят, что постоял кыргызский бий за его жизнь и не отдал его джунгарам за большой выкуп, иначе бы его ожидала верная смерть от их рук...

***

Обширная территория, на которой проживали разные народы Центральной Азии, служила ареной непрекращающихся межусобиц, нападений на караваны. Обсуждение общих проблем, и принятие важных решений проводилось в мире и согласии. Пути каждого народа, будь то кыргыз, казах, монгол, джунгар, татар, узбек, уйгур, туркмен или таджик, пересекались на этой территории. Шелковый Путь имел важное экономическое и политическое значение для торговли и поддержания благополучия каждого из них. В этот раз посланники собирались в ставке у бухарского хана. Выбор был сделан тогда, когда джунгары беспощадно грабили и убивали, отличаясь особой жадностью и жестокостью. Мудрость проповедников новых идей и вдохновение акынов, слагавших легенды, строительство, развитие и укрепление традиций - все это ощущало большую опасность и требовало решительных действий.

Сборы глав больших и малых народностей - имели огромное значение, и не только военно-политическое. На них решались многие вопросы: сбор налогов, отпор разбойникам и пиратам и многое другое. Одним из языков общения был уйгурский, который знали караванщики и все, кто имел дело с торговлей. Событие это имело значение не только для огромной территории Центральной Азии, но и для Западной Руси, Китая и Европы. Съезжались «караван-баши» даже из Турции, Индии и Персии.

***

Возводились шатры и юрты, в переговорах участвовали, преимущественно, старейшины обществ, ханы, военачальники и бии.

Кыргызов представлял Тагай-бий. Он прибыл из Северного края, где, в местности, под названием «Суусамыр», располагаются знаменитые пастбища и большая река, пересекающая южную часть земель кыргызов.

Тагай-бий был высокого роста, русоволосый, взгляд его серо-зеленых глаз излучал мудрость, он обладал жизненным опытом, ценил вековые знания и наследия предков. Взгляд, выдававший в нем умелого охотника, всегда пристально изучающего и рассматривающего всех и всё в округе, как дикая рысь перед прыжком. Он хорошо владел мечом, в сражениях и в поединках ему не было равных. Возможно его натура беззаветная преданность своему народу и воспитали в нем глубокого и тонкого политика, прославившего его имя во многие века, позже будет упомянуто в исторических записях.

Тагай-бий родился где-то 1460-1470гг, в районе Ийрии-суу, в местности Былпылдак.

Одинаковые названия некоторых рек и местностей часто встречаются на территории Кыргызстана. К примеру, название реки Ийри- Суу находится в Чуйском регионе в местности Жайыл, а так же в Южной части Кыргызстана.

Название «Ийрии-Суу»- переводиться « Кривая река». По данным сообщениям Б. Солтоева говориться, что Тагай-бий был уже в среднем возрасте, когда он вернулся на родную землю. В юности он прибывал у Эреше-Хана на службе.

В книге «Тарихи и Рашиди» написанный Мухаммедом Хайдером, описывается, что он был захвачен в плен в сражениях с Султан Саид

49

Ханом, на Южном берегу Ысык-Куля в местности Барскоон. Он был в плену и направлен в Кашгар где был добровольно выпущен в 1522, но, снова был перехвачен в 1524году. И, оставался в плену до 1533 , и выпущен только после смерти Султан Саид хана.

Тагай- Бий славился своей справедливостью и правил своим народом. Он был второй сын Ак-Уул(Белый сын) и правнук Долон Бия.

Документальные факты описывают , что Тагай-бий и его старший брат Адигин по старинным обычаям, собрались и решили поделить земли и власть между собой.

И после, того, как примерно определили территории от реки Кара-дарья ,что находится в области Оша и стали правителями этих местностей.

Тайгай- бию достались земли Северной части Кыргызстана, а Южная часть было отдано Адигину.

Тагай-бий объединил большое количество северных кланов и создал правое крыло.

Таких как : Боке, Сарыбагыш, Солто, Багыш, Саяк, Чекир-Саяк(Чекир-Молдо- Синеглазый мулла) и Азык.

Тагай-бий умер примерно 1535 г. или 1540 г. Но его политические взгляды и идеи в объединении территорий северных кланов Таласа , Ыссык-Кулья и Нарына продолжились до 18вв.

Часть V

«Встреча Тагай-Бия и бухарской красавицы Томчи»

«Твой образ, как тонкий и нежный восточный ветер, первые цветы подснежника, алые маки Ала-Тоо, первые лучи солнца утренней зари - многие годы рождали чувство веры. Такой она была - та, что приходила к Тагай-бию во снах. Им было судьбой суждено встретиться именно сейчас.

Томчи была приглашена в числе других девушек, чтобы готовить и подавать чай и еду гостям во время этой важной встречи.

Одного мгновенного взгляда было достаточно, чтобы между Тагай-бием и Томчи состоялся молчаливый диалог, совершенно очевидный только им...

«Ты тот, кого мне послала судьба, тот, кто пришел после стольких лет ожидания...» - высокая статная Томчи несколько мгновений молча смотрела на Тагай-бия. Затем быстро ушла туда, где женщины готовили в огромных котлах ароматный чай...

«Взгляд твой, словно молния, сразил меня. Твой стан искушал меня в моих грезах задолго до того, как ты предстала перед моим взором. Ты та, которая заставляет мое сердце трепетать, ты владычица снов, в которых я блуждал все время» - так думал Тагай-бий...

Несмотря на мимолетность встречи и разницу в возрасте, Тагай-бий знал, что чувство к девушке остро до боли.

Тагай-бий бывал в бою, и даже в плену, но всегда его что-то оберегало. В объятиях других женщин, он всегда видел кого-то вдалеке, кто улыбался и ждал его. Теперь он знал, что это была сама судьба.

- Не может быть,... - бормотал Тагай-бий, закрыв глаза и подняв голову к небу.

Его верный друг и подручный Канатбек спросил:

- Тагай-бий, что «не может быть», что? Ты меня беспокоишь. У тебя все в порядке? Готов ли ты к встрече с бухарским Ханом?

- Не знаю, Канатбек, не знаю. Я наверное устал с дороги... Мы зайдем и поприветствуем моего дорогого друга, а затем в последующие недели будет время, чтобы решить все дела. Видишь, сколько людей прибыло со всех концов света, нам надо постараться, чтобы не ударить в грязь лицом!

Караванщики в чалмах, с лицами темными от загара и пыли, и глазами тусклыми от усталости, поили на реке своих верблюдов, умывались, смывая следы пройденных дорог.

На противоположный берег реки прибывали путники из далекой Персии. Они держали путь в далекую Европу.

Богатство их товаров, утонченность яств, пряностей, сушенных фруктов, разнообразие хмельных напитков - все это великолепие казалось мистическим, волшебным праздником всех жителей этой части Ферганы. Тагай-бий, наблюдавший за происходящим с отстраненностью философа, ценил каждый миг своего пребывания в Ферганской долине!

С Канатбеком они зашли в минарет, выстроенный из обоженных кирпичей, украшенный золотом, с голубым куполом и красивыми фигурками из керамики, где в окружении множества слуг и гостей, в синем бархатном чапане вышитом золотыми нитями, в белом тюрбане, пробуя и предлагая яства, дружески приветствовал входящих сам хан бухарский.

Увидев Тагай-бия, Хан поднялся:

- О мой дорогой гость, Тагай-бий, северный хан кыргызов, добро пожаловать в мои края!

Они обнялись, чем удивили немало прочих приезжих гостей.

- Ассало-о-ом алейкум, Тагай-бий, сын Ала-Тоо - край, откуда текут реки, из которых пьет мой народ, край, где долины по весне превращаются в рай, а осенью - в пир, край, откуда приходила, приходит и будет приходить источник жизни и благоденствия наших землепашцев - вода! Тагай-бий, пусть твое пребывание здесь будет самым дорогим для меня, - прикладывая ладонь к своей груди, закончил бухарский хан свое приветствие.

-О-о-о, Алейкум-ас-салом, мой дорогой и многоуважаемый хан Бухарский, приветствовал правителя Тагай- бий.

Расспросив хана коротко о здоровье и благополучии его родных, Тагай-бий отклонился к себе в белую и большую юрту, только что совместно поставленную его воинами и местными слугами, объяснив челяди , что его друг, хан бухарский, в данное время занят приветствием других новоприбывших , не менее тоже важных и знатных гостей из дальних стран.

Дастан, сын Канатбека, принес серебряный кумган с теплой водой и медный таз.

-Тагай-бий ата ! Вот, вам передали чистую воду, чтобы вы могли омыть лицо и немножко отдохнуть после долгой и утомительной дороги, - проговорил мальчик, приготовив воду и полотенце.

- О-о-о, наш батыр Дастан! Ты уже подрос. Спасибо за заботу, спасибо твоему отцу за такое воспитание! Да ниспошлет Всевышний тебе здоровье и долголетие!

- Иди, скажи моим воинам, пусть подадут мне чай.

-Слушаюсь и повинуюсь, Тагай-бий ата !- сверкая озорными глазками, выбежал из юрты Дастан.

Не прошло и нескольких минут, как, легко шурша шелковым одеянием и позвякивая серебряными ожерельями, какая-то девушка подошла к юрте. Охранник откинул полог и пропустил ее внутрь с подносом, на котором стояли изящный серебряный чайник и маленькая фарфоровая пиала. Почтительно склонив голову, она тихо произнесла:

- Многоуважаемый Тагай-бий, хан северного края, Ваш чай готов!

Ее голос завораживал чистым и мелодичным тембром. Из под густых, черных и длинных ресниц, сверкнули уже знакомые глаза! Это была та самая бухарская красавица. От волнения и красоты ее искрящегося лица, Тагай-бий на миг обомлел! Некоторое время оба в замешательстве молчали. Почувствовав неловкость ситуации, Тагай-бий взял себя в руки и пригласил красавицу приблизиться и налить чай.

- Подойди и сядь рядом, красавица, умираю от жажды! Как зовут тебя?- расспрашивал Тагай-бий.

- Томчи, многоуважаемый Тагай-бий, - отозвалась красавица, опустив глаза. Было видно, как от волнения горят ее щеки.

- Твой взгляд мне знаком, Томчи. Твои глаза - словно огонь, в котором я мог бы сгореть от любви, - старясь скрыть свое волнение, произнес Тагай-бий.

- Уважаемый Тагай-бий, мой Северный хан, помилуй меня за нескромность, но когда я Вас увидела, мое сердце замерло. Я слышала о вас очень много, о вашей справедливости, о щедрости, и очень ждала вашего приезда.

Тагай-бий, стремясь унять охватившее его волнение, откинулся на подушки с пиалой в руке, но неудачно, и горячий чай, редкого сорта, привезенный из Китая хану бухарскому, выплеснулся прямо на вышитый парчовый халат и белоснежную атласную рубашку.

Томчи в растерянности бросилась вытирать, предложила снять халат и рубашку, и принялась обтирать его плечи и торс, ненароком касаясь его прядью выбившихся из под гребня волос. Тагай-бий не препятствовал ей.

- О, Боже, сколько же у Вас шрамов от ранений! - с сочувствием, пытаясь не останавливать свой взгляд на широких плечах Тагай- бия, Томчи осторожно помогала переодеться гостю.

В углу в сундуке, она заметила большие и широкие боевые пояса из кожи, изготовленные мастерами северных жителей и служившие особым атрибутом Тагай-бию.

В тот самый момент Тагай -бий поймал себя на мыслях , что все происходит как во снах.

«Неужели, есть другая жизнь?!...» - он долго смотрел на Томчи, на ее тонкие пальцы, которые с нежностью и осторожностью гладили его шрамы...

- Что-то не так, мой северный хан? Что с вами? ... - Томчи смутилась и отошла, чтобы принести сухую одежду, привезенную для важных встреч.

Они завороженно смотрели друг на друга. Слова были уже ни к чему: в пылком влечении, они ждали наступления сумерек.

Тагай-бий и Томчи настолько были увлечены долгими беседами что не заметили, как скозь тюндук [13] юрты на войлочный коврик, вышитый яркими узорами, упали первые лучи солнца.

Их безумная страсть продолжалась и в последующие ночи. Они убегали в сад, где, под цветущей яблоней, проводили волшебное время. В цветении яблони двое влюбленных видели божественный знак. Казалось, что вместо обычных цветков на их обнаженные тела опускались, помахивая крыльями, бабочки. Она покусывала губы и стонала от наслаждения. Он жадно целовал ее тугие соски и долго ласкал ее смуглое тело. Его крепкие руки ласкали изнемогающий от желания стан Томчи, и вены на висках влюбленных пульсировали, сливаясь с ритмом поющих в ночи цикад.

***

...Такую страсть Тагай-бий не испытывал давно.

В одну из таких ночей они зачали ребенка. Теперь, даже если они и расстались бы, нить их любви продолжится вечно.

- Томчи, любовь моя, ты подарила мне новую жизнь! Теперь я знаю, почему меня так сильно влекло к этим долинам. Воистину, Фергана - это Пери-Кана! Мне скоро в дорогу. Я оставлю здесь своего верного друга, Канатбека с его семьей. Вот тебе мой карманный ножик. Если родится дочь, воспитай сама и выдай замуж. А если родится сын, назови его Кара-Чоро. Когда ему исполнится 16 лет, отдай ему ножик и отправь в дорогу, если Всевышний будет милостив, он найдет меня и продолжит дело моей жизни. Я буду ждать весточки от тебя, Томчи.

- Ах, любимый хан, желанный мой и любовь моя вечная! Обещаю воспитать ребенка и, если это будет сын, отдать твой ножик и отправить его к тебе! - утирая слезы расставания, отвечала Томчи.

- Знаю , что судьба Вам определена особенная, мой северный хан, мой Тагай-бий. Я буду молиться за нас и наше будущее! - заливаясь горькими слезами и осыпая жаркими поцелуями любимого, прощалась Томчи.

Молча звезды мигают
В призрачном саду,
Волшебные ночи -

_____

13- тюндук- отверстие в верхней части юрты, служащее дымоходом.

Что, тлеют при первых лучах солнца.
Там где души сливаются в единый поток,
И яблочный сад, что хранит эти тайны.
Любовь Тагай-Бия к Томчи- проложат мосты в века!
-«...Милый, я буду хранить твой каждый вздох,
В своем дыхании,
Пусть   все наши тайны,
Грезы, мечты- хранит в себе
Молча, та самая Луна, что
Свидетелем была!»
-сжимаясь крепко к груди, Томчи,
Молча смотрела на Тагая.
- «Милая Томчи, в надежде ждал ,
Встречи, я с тобой...
Моя душа, пройдет через века и времена,
Ты оказалось той , что искал я во снах.
Наша любовь пройдет
Через все испытания судьбы,
Мы будем жить вечно,
Наши души в потоке времени,
сблизятся еще сильнее.
Сквозь призрачные грёзы
буду бежать я за тобой,
В твоих нежных снах,
Прийти , лишь разок взглянуть
На очи черные твои ...
Мы будем вечные , Томчи!»
Прощался , Тагай.
Ударив кнутом
Скакуна , помчался прочь...
Смотрела вслед ему , Томчи.
Не раз протерла свои слезы.
-»Скачи, Тагай, скачи...
Мы будем вечные с тобой,
И я приду тебе во снах,
Лишь, оказаться

В твоих объятиях,
Любовь, моя– проложит мосты на века!»

Перед тем, как гости должны были отправиться в обратный путь, бухарский хан устроил удивительное застолье, за которым все пировали три дня и три ночи.

Готовилась самая вкусная еда в этих краях. Плов, приготовленный из необычного риса красного цвета, что выращивали в этой долине, обладал особым вкусом. Хозяин щедро угощал гостей. Вино и кумыс лились рекой. Гости с удовольствием пробовали явства, пребывая в отличном настроении, поскольку все договоренности о совместных действиях , в торговых отношениях и налогах так или иначе были достигнуты в пользу жителей Центральной Азии.

- Тагай-бий, когда-нибудь все эти события, участниками которыми мы сейчас с тобой являемся, останутся в истории, - добродушно говорил хан бухарский своему другу, распорядившись посадить по правую руку от себя, за огромным достарханом[14].

- Пусть эти свитки с хроникой событий, которые станут легендами и обрастут небылицами, будут примером для будущего этой долины. Никто не знает кто придет за нами, какие правители будут в будущем. Никто не знает какие перемены нас ожидают. Но, пример того, что мы смогли прийти к мирному соглашению и разумным решениям, ровно как и скрепили их рукопожатиями, сыграет особую роль в истории. Пусть сам Всевышний будет свидетелем нам всем! Омин! - провозгласил бухарский хан, после чего поблагодарил всех гостей посетивших его и не оставшихся равнодушными на его призывы.

Гости дружно помолились перед едой, и очень довольные щедрым угощением бухарского хана, собрались кушать плов, который с раннего утра готовили местные молодые мужчины.

Плов раскладывали в большую глиняную посуду и разносили по юртам и шатрам.

- Ах, какой особый вкусный плов, торжественный! - хвалили гости, поглощая это особое угощение.

Специально приглашенные певцы, игравшие на разных инструментах, дервиши[15], исполняли свои танцы, изображали разнообразные роли в спектаклях, придавали этому грандиозному событию удивительный колорит. Богатейший пласт историй и легенд, передававшихся из уст в уста, а так же стихотворения и прозы, служат доказательством значительности традиций и культур той эпохи. Перемешиваясь , взаимно-обогащаясь и слагаясь на свой лад, он продолжает посылать через века свой неугасаемый свет познания и духа грядущим поколениям.

***

Смуглолицый мужчина среднего возраста, с седыми волосами, ярко-синими глазами, в белой льняной рубашке, пел красивым голосом, сопровождая свое пение игрой на лютне. Пел песню о далеких странах, войнах и жестокости времени, о том, как бежали юноши и девушки, о долгих днях странствий пилигрима. Он пел о злых и безжалостных джунгар, способных уничтожить города, следы которых исчезнут в веках, о тех цивилизациях, которые будут помнить , что мир созданный и сотканный в ходе веков любовью и бережными стараниями добрых людей, может затеряться в пыли, и только ветер пронесет память о городах, или мерцающие звезды напомнят о хрупкости жизни и существовании миров.

Этот дервиш был потомком тех, кто когда-то занимался воспеванием богов, деяния которых, отразились в мифах, имели место в реальности.

Еще пелось о том, что бездушие, коварство и жадность однажды сменятся, вера и любовь спасут все живущее, которое будет нести огонь надежды, оставаясь на устах поэтов многие века.

Бог - один на всех, и люди придут когда-то к согласию, и будут жить в мире, исчезнет ненависть, и останутся только здоровые души и ясный разум.

Люди освободятся от злых мыслей и деяний, добро сможет войти в их дома. И рано утром, встречая восход солнца, каждый будет помнить о священном даре обновления, принесенный когда-то в поток жизни рукою божества.

---

14 Дастархан – застолье, пиршество
15 Дервиш – люди с особым даром о природы, повествуют о какой-либо вере и путешествуют по миру.

Часть VI

Встреча Кара-Чоро и Тагай-Бия

Происходящие события оставили свой особый след в истории Руси, Европы, Турции, Персии, Средней. Они богаты сменой вождей, царей, войнами и битвами за власть, взлетом и падением Золотой Орды и многим другим.

***

-Ну что ж, в добрый путь, Кара-Чоро!- Канатбек со своей семьей – женой Саадат и двумя детьми, седлали верблюда, готовясь в путь, чтобы Кара-Чоро мог, наконец-то, встретится со своим отцом, Тагай-Бием.

- Дорога дальняя, возьмите лепешки, катык[16] и курагу, - суетилась неугомонная Томчи. Сама она не могла покинуть свой дом, и ей оставалось лишь надеяться, что дорога будет удачной.

- Мама, я буду посылать Вам весточки со встречными караван-баши. Прошу тебя, не переживай сильно! - прощаясь, крепко обнимал её Кара-Чоро.

- Езжайте через перевал, - посоветовала старенькая Табып, пришедшая попрощаться с путниками. –Да пребудут они на Север в целости и сохранности.

Под ее благословение путники тронулись в путь, а жители улочки долго махали им вслед, утирая слезы.

16 Катык (курут) – сушеный айран-кефир, которым разбавив водой, утоляют жажду.
17 Ичилик – местность между Казахстаном и Кыргызстан.

59

***

По дороге приключилось нечто странное: после двух суток, в местечке «Ичилик»[17] группа всадников встретила мальчишку, лет 12-14, который терпеливо выслеживал на склонах куропаток. Поровнявшись с ним, путники спросили, что он здесь делает.

- Я уже давно в этих краях, хочу стать прославленным охотником, - щурясь от яркого солнца, подросток с удивлением рассматривал запыленные лица путников.

- Ты куда собрался? - обратился он, наконец, к Кара-Чоро, заметив стремительный взгляд своего сверстника.

- Хочу найти своего отца, его зовут Тагай-бий, - с гордостью ответил Кара-Чоро.

- А ты что здесь, один? Где твои люди? - спросил, в свою очередь, у подростка Канатбек.

- Я бежал из родных мест, живу здесь сам по себе. Решил дождаться каравана, чтобы уехать отсюда, потому что злые джунгары не давали нам покоя. Хочу добраться до Бухары и там поступить на службу к бухарскому хану.

- Неужели джунгары, эти душегубы еще обитают в здешних краях? - широко раскрыл от удивления глаза Канатбек.

Ему пришло в голову, что этот подросток мог быть одним из тех, кому чудом удалось остаться в живых, в те далекие годы.

- Скажи мне, не был ли ты среди жителей одного из селений, которых захватили джунгары - воинов сожгли, оставили в живых только стариков, женщин и детей?

- Да, было так! Те, кто остался жив, по ночам сбегали, так как джунгары продолжали насиловать женщин, избивать стариков, и заставлять детей работать без еды, воды и отдыха, - удивленно рассказывал подросток.

Канатбек слез со своего верблюда, обнял мальчика и разрыдался от счастья, что кто-то еще из его младшего жуза остался жив.

- О, Боже! И что же приключилось после? Почему злодеи покинули эти места? -нетерпеливо задавал вопросы Канатбек, все еще не веря своим глазам.

- Была у них рыжая ведьма, любившая главного из джунгар, и говорят, она хотела за него замуж. Но, тот отверг ее любовь , и она полная злобы, ушла из этих краев. А потом какая-то болезнь свалила всех воинов джунгар, тех, кто ел из одного котла. Главный из джунгар, рассвирепев, приказал сжигать всех, имевших дело с зараженными. Он думал, что это злая рыжая ведьма накликала «черную смерть»[18]. Кто смог, убежали и скрывались в пещерах, а позже покинули здешние края, - поведал подросток.

Канатбек не верил тому что слышал, как не верил, что кто-то из его рода еще жив и теперь стоял, как приведение из прошлого, рассказывая эту историю...

- О, Хан-Тенгри, ты услышал мои молитвы, зло уничтожило само себя! Я благодарю небо, что здесь стоит кто-то из моего « младшего джуза», - говорил он, закрыв глаза, и путники поддержали его молитву.

- Вот почему караваны, которые идут по этим местам, давно не жаловались на какие-либо нападения со стороны джунгар! Значит, путь держать будем вместе,- довольно улыбаясь, в один голос заявили Канатбек и Кара-Чоро.

Они продолжили свой путь, по дороге встретив еще двух таких же подростков, присоеденившихся к ним.

После долгой дороги, они прибыли в северные края. На вопрос путников, как найти Тагай-бия, местные подсказали, что он на летних пастбищах, в сторону "во-о-он тех" высоких гор, в Сон-Коле.

В полном восторге от красоты природы, путники остановились на ночь. Наслаждаясь вкусным и целительным кумысом, путники степенно рассказывали о том, какой долгой была дорога, и что они встретили много караван-баши, через которых Кара- Чоро, как и обещал, посылал весточки Томчи и Табып.

Прохладные летние дни в этих краях были удивительным временем года .

Женщины были одетые совсем по другому и отличались своим диалектом, что для Кара-Чоро было большим открытием. Суровые и холодные зимы сильно отличались от теплых летних дней. Молодые

---

18 черная смерть- тиф, чума.
19 Калпак —изготовленный из обработанной шерсти мужской головной убор.

мужчины носили белые калпаки [19], сохраняющие тепло зимой и прохладу летом.

У женщин были интересные головные уборы. Замужних женщин можно было отличить по тому, что на голове носили изящной формы элечек, а незамужние девушки одевали красивые топу обрамленные ценными шкурками зверьков, а на макушке яркими перьями.

В честь гостей из далекой Ферганы устроили настоящее пришество. Зарезали молодого ягненка, которого сварили в большом казане, и подали с тонко нарезанной лапшой, под названием "бешбермак".

-Пейте бульон свежий, горячий – почтительно подавала гостям наполненные пиалы Кадича, престарелая хозяйка юрты.

-Какие же вы исхудалые! Видимо, в долгой дороге не было у вас хорошей еды. Ешьте, не стесняйтесь...

- А-а-аах, спасибо, почтенная Кадича,- отвечали ей гости.

-Мы уже давно не были в этих краях, и вы, наверное, меня не помните. Я – Канатбек, в свое время служил здесь у Тагай-бия. Отсюда мы вместе с ним однажды отправились в дальнюю дорогу. Было это ровно двенадцать лет назад.

-О-о-о, Божий лучик! - воскликнула Кадича. – Надо же ... Теперь я вспоминаю, как вы с Тагай –бием, в сопровождении многочисленного войска выехали на курултай...Сколько лет, сколько зим прошло с тех пор! Узнаю, узнаю... И ваши дети- Дастан и Данияр- совсем уже стали взрослые ! Столько всего было за эти годы! Даже память моя меня иногда подводит, былые события кажутся сном...

-А вы меня помните, уважаемая Кадича? Я – Саадат, жена Канатбека...

-О-о-о, Чудо! Саадат! Конечно, помню! Как мы рады, что вы вернулись. Без твоих напевов было очень скучно. Какие люди у меня в гостях...

Гости с удовольствием пробовали все, чем угощали их хозяева. Бульон из молодого ягненка и вправду , придал им ил и бодрости. Кто-то начал даже шутить. После продолжительной и непринужденной беседы, путники стали готовиться ко сну.

Кара-Чоро в эти дни спал плохо. Волнение в связи со скорой встречей с отцом переполняли его. Если он засыпал, в коротких снах он видел свою красивую мать Томчи, переживающую за него.

События последних дней приводили его в возбуждение, которое было сильнее усталости. Он часто просыпался, выходил ночью из юрты подышать воздухом. Подолгу смотрел на небо. Казалось, что звезды были совсем близко, и он мог бы достать их руками. Его волнение не проходило. Он возвращался в юрту и снова ложился спать. Ему снились далекие страны, путники, бредущие по дороге. Он еще не понимал, что вступает во взрослую жизнь, а детство уже осталось позади... Сон и бодрствование перемешались в его сознании. В какой-то момент ему захотелось вдруг убежать далеко-далеко, кричать и плакать... Он взрослел.

***

На следующее утро Кара-Чоро, Канатбек и остальные путники, проснувшись вышли из юрты и прошли немного по извилистой тропинке. Вскоре они вышли к месту, где их взору предстало огромное поле с красными маками. Оно было похоже на красивый и яркий ковер, радовавший глаз и поднимавший настроение местных жителей. Молодые парни сочиняли песни об этих удивительных ярко-красных маках, в которых они воспевали вечную любовь к своим возлюбленным...

С комузом в руке, с заплетёнными косами, девочка пела печальную песню о нескончаемом пути. Кара-Чоро запали в душу и мелодия, и слова, но он и не подозревал, что песня окажется пророческой.

«Неужели, сны могут стать явью?» - долго и пристально всматривался он в лицо девушки, слушая ее голос... Позже он узнает, что песни свои Насипа сочиняла мгновенно, при виде людей, которым они предназначались.

«Милыймальчик, продолжая путь,
Вспоминай о близких и родных;
Помни, нелегка твоя судьба,
Что влечет в далекие края;
Знаю, что готов отдать
Все богатства мира ты за то,
Чтоб однажды взглядом встретить
Всех, кого ты любишь, как свою семью...»

Девушка пела и смотрела, на Кара-Чоро, словно пела для него одного...

Кара-Чоро и его спутники спустились к роднику, где напились холодной и чистой воды. Бодрые, они вернулись в юрту, где хозяева ждали их завтраком. Хозяйка положила в дорожную сумку еды и указала, как быстрее добраться до мест, куда устремлял свой взор Кара-Чоро - к летним пастбищам Тагай-бия.

Попрощавшись с гостеприимными хозяевами, путники продолжили свой путь. Они двинулись по крутым и извилистым тропинкам вверх, в сторону Сон-Коля. Свежий ветер завывал и нес прохладу снежных вершин. Путники облачились в теплые вещи. Душистый терпкий запах горных трав, резкие крики птиц бодрили дух. Навстречу им вздымались невероятно красивые, словно корона, горы Тянь-Шаня.

- Кара-Чоро, за этими горами есть Китай, откуда в эту долину идут шелка, самый дорогой чай и многое другое, - говорил своему воспитаннику Канатбек.

- Смотри, это и есть твоя Родина! Родина киргизов и твоего отца – Тагай-бия!...

Неожиданно громкий голос остановил путников:

- Эй, слезайте с лошадей! - приказным тоном прокричал кто-то издалека. К ним приближались двое всадников, вооруженные луками, копьями, мечами и облаченные в доспехи.

-Это мы, Айдар!- крикнул, приглядевшись к приближавшимся, Канатбек.

- Кто, «мы»?!

-Я, Канатбек, с женой Саадат и детьми!

- Канатбек! Вы ли это?- изумленно воскликнул один из воинов, соскакивая с лошади, подбегая к путникам и крепко обнимая спешившегося Канатбека.

- Каким джигитом ты стал!- прослезившись от радости, обнимал Айдара Канатбек.

- О, Хан-Тенгри! Какие у нас гости! Сам Канатбек! - обратился к своему напарнику Айдар.

- Да-а-а, ты теперь стал военным предводителем хоть куда! А когда-то я учил тебя стрелять из лука и бороться! Джигит !!! Джигит!!!

Надо же, как летит время! - крепко обнимал Айдара Канатбек.

- Да-а, давно это было!.. А этот юноша, тот самый озорник, ваш сын Дастан?

- Какой ты стал взрослый!

- Ассалоом алейкум, Айдар! - радостно приветствовал Дастан.

- О-о-о, джигит! Валейкум ассалоом!- отвечал Айдар.

Канатбек объяснил суть визита – пришло время представить Тагай-бию его сына Кара-Чоро!

***

Когда они приехали на джайлоо, расположенное рядом с прозрачным озером Сон-Кол, Кара-Чоро стало трудно дышать – то ли из-за сильного волнения, то ли из-за необычайно чистого, горного воздуха, дурманящего душистым запахом свежих трав. Перед большой белой юртой, к которой они подошли в сопровождении воина, Кара-Чоро на минутку присел и поцеловал землю. От волнения у него голова шла кругом. Все происходило как будто не с ним. Он думал о том, что скажет отцу, вытащил из кармана кестик (карманный ножик).

Очень красивая девушка пропустила в юрту, взглянула на путников и, пряча лицо, грациозно пригибаясь, смущенно убежала.

И вот наступил момент истины, которого так долго ждал Кара-Чоро!

- Ассалом Алейкум, мой северный хан, Тагай-бий, - присел на колени Канатбек и знаком приказал своим спутникам сделать то же самое.

- О, Валейкум ассалом, мой друг Канатбек!- подошел к путникам русый, зеленоглазый, высокого роста хан.

- Вот мы и прибыли, многоуважаемый Тагай-бий!- хриплым от волнения голосом, проговорил Канатбек.

- Добро пожаловать, дорогие гости!- вернувшись на свое место, Тагай-бий раскрыл свои ладони в знак уважения к прибывшим путникам и, с едва скрываемым волнением, продолжал рассматривать их.

Канатбек встретился взглядом с Кара-Чоро и махнул головой, указывая, чтобы тот сделал шаг вперед.

- Многоуважаемый северный хан, - начал Кара-Чоро. В горле у него пересохло. Он так долго продумывал все, что надо сказать, и теперь, в этот долгожданный момент, он не мог выговорить ни слова.

- У меня для вас весточка от мамы Томчи... Меня зовут Кара-Чоро... А это ваш кестик, - мальчик вытащил из кармана, завернутый в атласную тряпицу, ножик.

Узнав свой кестик, Тагай-бий вздохнул, взгляд его просветлел. Он продолжал сдерживать эмоции, но в душе бурлила радость, словно горячая лава - это же его сын!

- Дай-ка мне взглянуть на него ... Похоже, это мой кестик, - с волнением северный хан смотрел на Кара-Чоро. Тот приблизился и почтительно протянул нож. Вскочив с места, судорожно сжимая в объятиях , хан заплакал от великого счастья!

Все присутствовавшие в юрте тоже прослезились и безмолвно наблюдали за долгожданной встречей отца и сына!

- Мой сын! Мой сын! Мой Кара-Чоро! - продолжал обнимать своего сына Тагай-бий!

После этого Тагай-бий расспросил, насколько утомительной была дорога, и откуда путники, сопровождавшие Кара-Чоро и Канатбека.

- Отец, это мои друзья, они присоединились по дороге. Одного зовут Байысбек, мы его встретили в Ичилике, и взяли с собой. Байысбек учится стрелять из лука, мечтает поехать в Бухару учиться.

- Сынок, его зовут не Байысбек, его зовут Саяк[20] , и он тоже будет мне сыном, - сказал Тагай-бий. Тагай-бий был не только тонким политиком, но и человеком щедрой души, которому было не занимать жизненной мудрости.

- Есть поговорка, сынок: «Один в поле не воин»! Теперь он мне - сын, а тебе - брат! - и Тагай-бий прижал к груди мальчишку, только что получившему новое имя «Саяк».

- А его, с большим пузом, пошутил по детски зовут Азык. В походе он помогал нам готовить еду, - уже более уверенным голосом продолжал Кара-Чоро.

- Азык, ты тоже будешь мне сыном.

Взглянув на хмурое лицо третьему подростку, подойдя к нему ближе, с большой отцовской улыбкой

---

20 Саяк – странник, путешественник

похлопав по плечу Тагай- бий твердо произнес:

- Ты тоже мне сын, а зовут тебя Чертки - обратился к третьему спутнику сопровождавшего Кара-Чоро. Затем, Тагай-бий приказал слугам подарить каждому из новоприобретенных сыновей по юрте, распорядился, чтобы каждый мог выбрать себе коня и велел всем праздновать приезд его сыновей из далекого края.

***

Праздновал Тагай-бий, созывая всех родичей со всех племен.

Не пригласили воины Тагай-бия лишь одного его бывшего приближенного, который в свое время раздаривал его добро и однажды оскорбил торговцев из далекой Персии, пересекавших не раз северные края со своим караваном до самого Кашгара. Грубость и невежество, проявленные этим соплеменником , надолго подорвали дружеские и деловые отношения, строившиеся десятилетиями. Все это произошло в момент , когда Тагай-бий был в отъезде и находился у бухарского хана. Чап-кене[21], так звали этого человека, беспричинно оскорбившего торговцев, напавшего и ограбившего караван, после чего они в течении многих лет таили обиду на людей Тагай-бия, и перестали проходить по его владениям. Такой ситуацией воспользовались многочисленные враги Тагай-бия, выжидавшие удобный момент, дабы разрушить ради своих корыстных помыслов сложившееся веками равновесие, годами отлаженные торговые отношения и интересы местных жителей в этом регионе.

К такому повороту событий, Тагай-бий не удивлялся, ведь в таком золотом возрасте, когда небо кажется ясным, несмотря на дождливые свинцовые тучи, трава выглядит зеленее, несмотря на осеннюю унылость, когда кумыс становится слаще меда, когда он вполне осознал, что вся его жизнь и его борьба за добро, за свой народ, за мир, к которому стремились кланы, он чувствовал, что не зря прожил свою жизнь и что его влияние на общину, которая вверила свое благополучие его заботам, было результатом его деятельности - нелегкой, но плодотворной!

---

21 *Чап-Кене : блоха, бездельник. Люди живущие за счет других.*

История с персидскими купцами, оскорбленных помощником Тагай-бия, взбудоражила многих по всей территории региона и послужила причиной предвзятого отношения к деятельности и личности самого Тагай-бия, и ему стоило больших и долгих усилий заново восстанавливать как испорченные торговые отношения, так и свою подорванную репутацию и авторитет. Народ должен был торговать и обмениваться товарами, чтобы обеспечить достойное существование процветание . Тагай-бий отдал этому делу немало сил и энергии.

Чап-кене, в качестве помощника Тагай-бия, присвоил незаконно немало чужого имущества и средств, теперь чувствовал себя полным хозяином в общине. Айдар, преданный Северному Хану воин, молвил против Чап-кене слово, за что был посажен в зиндан[22].

Айдара подкармливала Кадича-апа, которая была бессильна помочь ему чем-либо еще.

- Айдар, кушай, - шептала ему Кадича-апа, украдкой пробираясь к его зиндану по ночам.- Тебе нужны силы, пустая гордыня тебя погубит. Побереги свои силы. Все это пройдет ! Тебе надо жить! Видела сон, как Тагай-бий едет домой. Немного твоего мужского терпенья. Что ж, и такое в жизни бывает! Сколько раз говорила Тагай-бию про козни этого Чап-кене, но он в нем души не чаял. «Кадича –апа!» - говорил он мне, «Знаю я его, как свои пять пальцев - должен же он, наконец, стать человеком! Нет, перед Всевышним и перед Умай-эне, совесть моя будет чиста - я даю ему шанс на исправление!».

Прикусывая свои губы от злости, Айдар уступал уговорам старой и мудрой женщины и берег свои силы, съедая все, что было тайком принесено. Кадича-апа была права! Надо было поберечь силы! Вот и в древней восточной поговорке сказано: «Оставайся в живых сегодня, чтобы сражаться завтра!».

Тагай-бий, узнав по приезду, о таких бесчинствах своего приближенного, отрекся от дружбы с Чап-кене, и выселил его вместе с женой подальше от народа. Айдара, за его преданность и заслуги перед общиной, назначил военоначальником...

- Я вам покажу!- с пеной во рту кричал оборачиваясь , назад

---

22 *Зиндан – подземная тюрьма.*

Чап-кене. Его жена, одетая теперь в лохмотья, утирая свои длинные сопли, оттаскивала своего мужа в сторону.

- Да погоди ты их пугать! Пойди, тихо дай знак его врагам, сообщи им, где пасутся его лошади... Пусть Тагай-бия укусит ядовитая змея, в том месте, где он меньше всего ждет! - скрежеща зубами от ненависти к бывшему благодетелю, внушала она мужу.

- Бог с вами, Чап-кене, - кричала им в след Кадича-апа, - хоть бы постыдились, да покаялись в своих ошибках! Что же это такое - души ведь не чаял в тебе Тагай-бий! Души не чаял! Все верил, что станете когда-то людьми. Нет же!.. Все вам отольется безбожники!

***

Прошли года. Кара-Чоро и его братья обжились у своего отца, помогая ему во всем. Обзавелись они семьями, родили детей - на радость постаревшему Тагай-бию, которого начали покидать силы. В один из таких дней, подозвал он к себе своего сына Кара-Чоро и сказал:

- Сын мой, дни мои сочтены. Ты должен взять своих братьев и бежать отсюда, покуда я жив. Мои дети от старшей жены будут преследовать и пытаться убить, чтобы тебе не досталась власть.

Сказав это, северный хан вручил Кара-Чоро завернутую в белую тряпицу горсть земли.

- Это твоя кыргызская земля! Прими ее сын! Чтобы ты смог, когда окажешься в дали, горсть земли кыргызской перемешать с землей на новом месте, посади там дерево. Пусть оно растет и напоминает тебе обо мне.

- Отец, не волнуйся! - успокаивал своего отца растроганный Кара-Чоро.- Я пойду к братьям и расскажу им об этом.

***

Ночь... Легкое дуновение ветра, шелест листьев, крик совы, вылетевшей на ночную охоту. Из юрты Кара-Чоро доносились тихие перешептывания : Саяк, Чертки и Азык, печально глядя на своего названного брата, искали способ спасти его.

- Что же, Кара-Чоро, мы останемся здесь и выполним заветное желание отца. Мы срослись с местными обычаями, породнились с жителями и имеем семьи. Тебе же, Кара-Чоро, нужно спасаться... Мы присмотрим за твоей семьей, да поможет нам Умай-эне и ХанТенгри. Старшие сыновья нашего отца должны сжалиться над нашими семьями. При возможности, мы переедем на другие пастбища. Ты же, беги. Мы приготовили двух коней, еду и воду. Ты будешь менять лошадей, чтобы они не выдохлись по дороге. Отправляйся на рассвете, когда сон твоих врагов будет еще крепок, - говорил ему Саяк, прощаясь с братом навсегда...

Никто не знал, что ждет Кара-Чоро в пути и как сложится его судьба в будущем.

Выпив для бодрости кумыса, Кара-Чоро выехал до восхода солнца и через Суусамыр, где повидался с Насипой - молодой вещуньей.

- Песня о моей судьбе была сложена тобой ненапрасно... Вот и пришел день, когда я должен покинуть края, ставшие мне родными. Не знаю, что ждет меня в будущем, Насипа...

- Не грусти, Кара-Чоро! Вот тебе еще одно из моих предсказаний. В дороге ты встретишь пожилого странника. Предложи ему продолжить странствие вместе. В знак благодарности, старик тебе поможет и станет почти отцом. Он покажет дорогу к новым землям, где ты найдешь свою судьбу. Там ты положишь начало новому народу. Вера и традиции его будут схожи с нашими.... Передавай весточки через караван-баши, которых встретишь на своем пути! Я буду передавать твои пожелания твоим детям и братьям. А теперь - в путь!

- Вперед, мой скакун! Скачи!- крикнул Кара- Чоро, поклонившись земле кыргызской, ударил хлыстом своего скакуна.

- Храни этого человека, о великий Хан-Тенгри! Укажи ему верный путь и приведи к заветной цели! - молилась Насипа ...

Навсегда сохранила молодая девушка образ Кара-Чоро , который ускакал, чтобы уже никогда не вернуться! Поцеловав землю своего отца, покинул любимых и родных ему людей, чтобы остаться в живых и продолжить род свой на чужбине...

Позже, караван-баши будут рассказывать, что видели его по дороге на Кавказ со стариком, который был для него и родней, и семьей... Исполнилось предсказание Насипы - основал Кара-Чоро в новых землях свой собственный род - Карачай...

Какой оказалась история любви Тагай- бия и бухарской красавицы Томчи!

Мистические пути « святых перевалов» удивляют воображение своей неисповедимостью и в то же время , своей предначертанностью, донося мудрость древних людей до нашей современной жизни !

***

...Доктор Брэндон Сильвер слушал рассказ мисс Ж.М. с большим удовольствием, приоткрыв рот и затаив дыхание, а когда она закончила свой рассказ, он долго утирал свои слёзы, сняв свои огромные очки в роговой оправе. Реакция шефа стала приятной неожиданностью для мисс Ж.М.

С улицы доносились голоса – верный знак того, что вечерняя жизнь города постепенно входила в свои права, побуждая все больше число жителей покидать свои жилища в стремлении и познать малую толику неизведанного и , может быть чуточку запретного , блуждая среди его залитых светом уличных фонарей и извилистых кварталов.

Несколько глотков редчайшего виски с тонким вкусом меда и ароматом свежего дуба согрело и взбодрило неутомимых исследователей в эту сырую погоду- одержимость исторической наукой отнюдь не мешало мисс Ж.М. и доктору Сильверу стремиться иногда в этой жизни к моментам высшего – данном случае , вкусового – наслаждения!

- Доктор Сильвер, что с вами? – все еще находясь в среде героев повествования, мисс Ж.М. дотронулась до плеча своего шефа, чтобы вывести его из глубокой задумчивости.

- А? Что? – встрепенулся Доктор Сильвер и , возвратившись в день сегодняшний, поднялся из кресла и глотнул из своего стакана «Гленморанж» , предварительно разбавив его холодной водой. После этого он поправил очки и сказал:

- Сколько лет занимаюсь наукой, но такого колоритного рассказа, я не слышал – словно наяву увидел. Почему вы мне об этом раньше не рассказывали? – он продолжал стоять, задумчиво допивая виски.

- Милая мисс Ж.М., завтра   после того, как закончим наши дела, вы продолжите рассказ... Вы же мне еще не все рассказали, правда?- доктор Сильвер с улыбкой сфинкса смотрел на ассистентку.

- С удовольствием, доктор Сильвер, - ответила мисс Ж.М.. Они вызвали такси, предварительно заперев огромные двери этого здания. В какой-то момент мисс Ж.М. захотелось рассказать шефу о том, как она столкнулась со странным незнакомцем в темном плаще.

Но оглядевшись, и не заметив на этот раз ничего особенного, мисс Ж.М. лишь вежливо попрощалась с доктором Сильвером, и решила не тревожить его.

Они разъехались по домам.

Вернувшись домой, она нашла письмо от антиквара, обещавшего выслать архивные данные о серебряной лампе. Внутри конверта со странным обратным адресом она обнаружила единственный листок, исписанный непонятными буквами. После в интернете мисс. Ж.М., выяснила, что текст написан на скандинавском языке. После часа работы с он-лайновым переводчиком стало ясно, что лампа прибыла в эти края очень давно со скандинавскими переселенцами, приехавшими на острова в конце 16-го века.

 Другой информации в справке не было. Слегка разочарованная, но вовсе не обескураженная, решила все-таки еще раз сходить к антиквару.

Мисс Ж.М. приснился сон... Тот самый сон, который она видела много раз еще с детства...

...Длинная и извилистая речка – та самая, куда она часто ходила с соседскими детьми по воду, где проводила свои летние каникулы. Мисс Ж.М. - маленькая восьмилетняя девочка, склоняется над потоком, чтобы набрать воды. Что-то сверкает в воде среди камней, слепя ей глаза. Присмотревшись, она видит в зеркальной глади молодую девушку, у которой на груди висит золотой медальон. Печальные, удивительно красивые глаза девушки хранят в себе какую-то тайну, с которой она хочет поделиться. Жестом подзывает девочку, чтобы шепнуть ей что-то на ухо... Мисс Ж.М. наклоняется еще ниже, пряди ее волос касаются речного потока... Легкий всплеск воды, и девушка исчезает, растворившись в легких бурунчиках воды. Видны лишь дно, камни и речные водоросли. Разочарованно, мисс М.Ж. выпрямляется и обнаруживает, что золотой медальон, несколько мгновений назад висевший на девушке, теперь висит на ее тонкой детской шее.

Восторг этого открытия настолько велик, что мисс Ж.М. сразу же просыпается и машинально ощупывает шею и грудь в поисках чудесного подарка...

Этот старый сон повторялся из года в год. Приснился он мисс Ж.М. и в эту ночь... Увы - как всегда, медальон отсутствовал и в этот раз!...

***

На следующее утро мисс Ж.М. направилась в магазинчик. Она хотела, прежде всего, поблагодарить продавца за любезно предоставленную информацию, после чего сразу же выудить любые сведения о приобретенном артефакте. Кроме того, ее не покидало ощущение, что она уже видела его лицо когда-то раньше, и ей не терпелось выяснить это обстоятельство за чашечкой кофе, как предлагал ей накануне антиквар. Уж что-что, а располагать собеседников к обоюдно-конфиденциальному общению она умела- её врожденное качество, доведенное до степени профессионального навыка и умения за время учебы в университете и работы в аналитическом центре Доктора Сильвера!

Дверь антикварного магазина оказалась заперта. На звонок открыла незнакомая девушка с весьма ассиметричной прической и очками в тонкой оправе на кончике маленького носа. Она была очень удивлена, услышав, что мисс Ж.М. хочет переговорить с ее хозяином, «смуглолицым и сероглазым». Такого человека, она была более чем уверена, в этом заведении никогда не было. Не помогло и детальное описание серебряной лампы. И наконец, письмо, которое мисс Ж.М. предъявила начинавшей уже нервничать сотруднице магазина. Более того, ни в каталоге магазина, ни в архивных данных описываемый предмет не фигурировал.

В полной растерянности, извинившись за причиненное беспокойство, мисс Ж.М. вышла из магазина и двинулась в глубокой задумчивости вниз по длинной лестнице - еще одной достопримечательности в этой старой части Эдинбурга, где обычно шли съемки фильмов. Мысли были заняты внезапно появившимся и исчезнувшим антикваром. Она вспомнила и тех двух посетителей магазина, хлопотавших за нее и даже заставивших торговаться с продавцом... Кто были эти люди? Почему продавщица магазина сегодня отрицала факт купли-продажи серебряной лампы? Что же это такое? Навождение? Вещи и люди, существующие в ее иллюзиях?

Мисс Ж.М. внезапно осенило, что эти удивительные люди существовали в ее мыслях уже много лет, с тех пор как дедушка Токтогул впервые рассказал историю Кара-Чоро... Облик продавца совпадал с образом того самого старика, которого повстречал Кара-Чоро и с которым они дошли до новых земель! А двое из магазина - кого же они напоминали ей , из повествований старца Токтогула?...

Часть VII

Белые рыцари клана Питерсонов

Туман настолько густо накрыл город, что здания и деревья исчезали в нем, и лишь свет уличных фонарей, светофоров и фар автомобилей кое-как прорывался сквозь плотную пелену. Для человека с достаточно живым воображением, каким была мисс Ж.М., такое довольно заурядное явление представлялось сверхъестественным, аллегорическим противостоянием тьмы и света. Своего рода трехмерная версия театра теней, в котором мисс Ж.М. могла в течении всего несколько актов наблюдать из окна своей уютной квартирки многовековую борьбу города с разрушительным действием времени и полную будничного пафоса жизни его обителей...

...Мисс Ж.М. осторожно поставила чашку с недопитым чаем на каминную полку у окна, задвинула шторы и отошла вглубь комнаты. Открыв встроенный в стену сейф, она поместила туда серебряную лампу, рядом с очень старой книгой в кожаном коричневом переплете. Она с улыбкой смотрела на оба предмета, поглаживая одной рукой покрытый мелким геометрическим узором корпус лампы, а другой - шероховатое теснение на переплете книги. Затем, нахмурилась и тревожно оглянулась - ощущение того, что за ней неотступно наблюдают, не покидало вторые сутки. Мисс Ж.М. аккуратно закрыла сейф и положила ключ под войлочную куклу, изображавшую кыргызскую замужнюю женщину в элечеке и чапане , вышитом традиционным тянь-шаньским трилистником.

Допивая чай, она проверила мобильный телефон. Несколько звонков оказались пропущенными. Все звонки были от доктора Сильвера и были сделаны накануне вечером, и рано утром, сердце у неё ёкнуло.

Мисс Ж.М. быстро собралась и поехала в Центр. Поздоровавшись с миссис Джейн Маккендри , объяснила, что гостей в Центре придется развлекать до прихода доктора Сильвера, который задерживался у дантиста. Настоящая же причина его отсутствия мисс Ж.М. была неизвестна.

Многие гости с нетерпением ждали сегодняшнюю встречу, звонили в Центр и регистрировались за неделю вперед, уточняя состав презентаторов и программу встречи.

Выйдя на трибуну и включив микрофон, мисс Ж.М. поприветствовала всех и извинилась за доктора Сильвера, задерживаюшегося «по независящим от него обстоятельствам».

Гости продолжали общаться друг с другом, рассматривали вещи и документы, размещенные в экспозиции одного из залов Центра. Миссис Джейн Маккендри рассказывала любопытствующим гостям, о процессе создания Центра «ЛМР», о том плачевном состоянии, в котором помещение находилось, когда перешло в руки доктора Сильвера, о злополучной судьбе прежнего здания, практически уничтоженного в результате пожара. Мисс М.Ж. не могла не заметить той ностальгической улыбки, с какой миссис Маккендри говорила об «ужасном пожаре». Коварство злоумышленников оказалось бессильным перед силой Провидения, они не смогли уничтожить этот великолепный образец готической архитектуры XVII-го века полностью. Долгие годы на реконструкцию здания не отваживались ни муниципальные власти Эдинбурга, ни частные благотворительные организации. И лишь в 2001 году, были   проведены первые попытки восстановления и размещения в нем Историко-аналитического центра «ЛМР».

- О-хо-хо, сколько же трудов было положено! – чопорно поджав сухие губы, продолжала миссис Джейн Маккендри и многим в зале показалось, что в ее голосе мелькнула нотка злорадства. - Запах гари и тухлой воды, вонь от местных пьяниц и наркоманов, устраивавшихся здесь на ночлег от дождливой погоды, царили по всему зданию... Везде грязь и пыль. Огромные крысы шныряли по крышам и полу, издавая мелкими когтями мерзкий звук наподобие щелканья печатной машинки. Кучи засохшего голубиного помета ... Все это создавало невыносимый запах, от которого можно было спастись только в специальных масках... - громко и нараспев рассказывала миссис Маккендри.

- Дамы и господа, тысяча извинений за опоздание! Всем доброе утро!.. Дорогая миссис Маккендри, вам тоже, - тихо перебил старуху только что подъехавший доктор Сильвер,

- Обстоятельства, позвольте не распространяться какие, вынудили меня задержаться дольше, чем хотелось бы. А теперь, давайте приступим к работе...

Все гости с большим интересом слушали все, о чем говорилось, многие фотографировали, задавали вопросы. Личность и обстоятельства жизни молодого и знатного дворянина Лермона, прадеда русского поэта Лермонтова, вызывали у собравшейся публики живой интерес...

***

- Надо же какой день выдался интересный и напряженный, - глубоко вздыхая, доктор Сильвер приготовил крепкий кофе, затем уселся в любимое кресло и стал объяснять причину своего опоздания.

- Сегодня должен прилететь мой хороший знакомый из Исландии, - озорно смотрел на свою ассистентку доктор Сильвер.

- Что за хороший знакомый? - подливая себе чай, подозрительно взглянула на доктора Сильвера мисс Ж.М..

- Представитель того самого клана Питерсонов, про которых Вы уже слышали, - загадочно улыбаясь, смаковал свой кофе доктор Сильвер.

- Ну что-же, это было бы приятно и полезно для всех, ведь вы давно хотели пригласить его в наш центр для изучения истории и достопримечательностей города и, прежде всего, тех мест, где жил и работал великий Адам Смит, - мило улыбаясь, мисс Ж.М. закончила печатать в ноутбуке , вытащила из сумки записи и устроившись поудобнее с чашкой чая в руках, собралась было продолжить свое вчерашнее повествование, как вдруг во входную дверь Центра кто-то постучался.

- Кто там? - удивленно спросил доктор Сильвер, пройдя по темному коридору ко входу.

- Почта, - последовал ответ из-за двери. Доктор Сильвер открыл дверь и в комнату вошел блондин среднего роста, с небольшим животом, говорящий с акцентом, выдававшим в нем, как это показалось мисс Ж.М., эмигранта из Польши. В руках он держал посылочную коробку средних размеров.

Приняв посылку и выпроводив почтальона, доктор Сильвер с нетерпением принялся вскрывать тщательно упакованную коробку, откуда на свет появились тоненькая бутылка и стеклянная банка с надписью : «Сушенное акулье мясо».

- Как всегда, мой друг оказался очень внимательным. Каждый раз, перед тем как приехать ко мне в гости, он высылает такие вот деликатесы - намек на то, что здесь, в Шотландии, не продают ни исландские крепкие напитки, ни сушенное акулье мясо! - довольно улыбаясь, резюмировал доктор Сильвер и предложил мисс Ж.М. попробовать угощение.

Молодая женщина отказалась, выразительно поджав губы и отрицательно помотав головой, после чего стала припоминать, на каком месте своего эпического повествования остановилась в прошлый раз.

В этот момент снаружи до них донеслись странные звуки, то ли завывание ветра, то ли перебранка каких-то людей, крайне встревожившие мисс Ж.М. и доктора Сильвера.

-Вам не кажется, что мы не одни? – обеспокоенно поднялся с места доктор Сильвер и запер сейф, в котором хранились наиболее важные документы Центра.

В следующий момент погас свет, чего в Центре уже давно не случалось.

- Держитесь рядом со мной, - шепотом сказал доктор Сильвер, вытаскивая маленький карманный фонарик, прикрепленный к брелку с ключами.

- Что за чертовщина!- вдруг вскрикнула мисс Ж.М. при виде появившихся в коридоре группы людей в масках под предводительством человека в черном плаще и темно-бордовой маске, державшего в руках древний револьвер.

- Ах-ха! Вы что тут без меня беседуете? - качая головой и цокая языком, предводитель снял маску... и оказался никем иным, как миссис Джейн Маккендри, которая подала знак сопровождавшим ее двум мужчинам в масках связать доктора Сильвера и его ассистентку.

– Что вы себе позволяете, миссис Маккендри? – заговорил, придя в себя, доктор Сильвер.

– Ха, можете меня так больше не называть, – ехидно улыбаясь, отвечала смотрительница Центра, наведя на него старый револьвер, украшенный маленькими зубастыми и хвостатыми чертиками.

– Вы что, думали сможете без нас, клана Блакдейлс, обойтись? Решили не делиться секретами и сокровищем, которое вы ищите несколько дней? Неужели мы не смогли бы разгадать ваши планы или подслушать ваши разговоры? – сжав тонкие губы, подкрашенные ярко-розовой помадой, женщина сняла черные перчатки, присела за стол, отдала приказ своим сообщникам отобрать ключи и обыскать комнату, сумку и личные вещи мисс Ж.М..

«Эта шайка головорезов все время следила за мной и за моей ассистенткой» – подумал доктор Сильвер. Их предводительнице же он возмущенно возразил:

– Вы все равно не знаете, что делать с этой лампой!

– А вы здесь для чего, любезный? Полагаете, что вы один такой умный? – подойдя вплотную к доктору Сильверу и повернувшись к мисс Ж.М., она прицелилась в нее и приказала, чтобы доктор отыскал в журнале портовой регистрации страницу, где вчера они нашли нечто особенно важное.

Не найдя ни в комнате, ни среди вещей серебрянную лампу, подручные Джейн Маккендри встали по обе стороны от своего главаря.

– Где серебряная лампа? – старческим дребезжащим голосом закричала она, наводя дуло старого пистолета на доктора Сильвера.

– Подождите, серебряная лампа у меня дома, в сейфе! Только не стреляйте, сейчас поедем, и вы ее получите!– поспешила вмешаться мисс Ж.М.

– Не говори им ничего, эти стервятники все равно не знают о предназначении лампы. Им ведь просто наплевать на научные работу, которой мы занимаемся! – воскликнул доктор Сильвер.

Один из мужчин в маске ударил его в висок и доктор Сильвер

упал на колени , потом навзничь и отключился.

- А ну-ка цыц, ты, лысый придурок! Смотрите, какой неугомонный, - прикрикнула на него предводительница клана Блакдейлс. - Как это мы не знаем, что делать с найденными сокровищами? Ну-ка, по машинам! Да загрузите этого лысого в багажник, - с ухмылкой приказала она.

***

Доктор Сильвер лежал без сознания, когда двое мужчин выволокли его наружу и загрузили в багажник машины. Мисс Ж.М., со связанными руками, отвезли к ней домой, где бандиты забрали из сейфа серебряную лампу. Надев на голову мешок, повезли исследователей далеко за город, привезли в одну из пещер, расположенных в форме длинного лабиринта, которая служила выходом в море. Прежде здесь от врагов прятались миссионеры, выжидая когда можно будет добраться по длинному лабиринту до берегов Северного моря, и оттуда, сев на торговое судно, отплыть в другие страны.

Придя в сознание, доктор Сильвер обнаружил, что рядом лежит мисс Ж.М. со связанными за спиной руками.

- С вами все в порядке, мисс Ж.М? –осведомился и с радостью обнаружил, что она каким-то образом смогла освободиться от веревок.

-Со мной все в порядке, - ободряюще улыбнулась мисс Ж.М., приложила к губам указательный палец и принялась развязывать ему руки.

- Как же я мог допустит такую оплошность, - сокрушался, доктор Сильвер, все еще находясь в шоковом состоянии, из-за того, что не смог распознать коварные планы злобной старухи...

Освободившись от веревок, они продолжали сидеть бок о бок, чтобы охранники не заметили их приготовлений к побегу через лабиринт.

- Мне надо хорошенько подумать, - сказал доктор Сильвер и, подобрав валявшуюся палочку, что-то бормоча, стал рисовать на песке план лабиринта.

- Нам надо понять, с какой стороны мы попали в лабиринт, так как в нем есть много тупиков. Вот стервятники, даже мой карманный фонарь забрали!

- У меня есть карманный фонарик, я его ношу на всякий случай, - успокоила шефа мисс Ж.М., вытащила из кармана и стала освещать чертеж, который по памяти рисовал доктор Сильвер.

- И как это вы отдали серебряную лампу? - спросил ее разочарованный доктор Сильвер.

- Они все равно не знают, что с ней делать. Теперь известно, что Дарья была здесь и оставила запись. Это знак, который я давно искала. Этим же негодяям, запись которую я , на всякий случай, уже давно скопировала ничего не даст. Поскольку они не знают всей истории, не знают секретов, которые знаю только я, - успокаивала шефа мисс Ж.М.. Оба ожидали наступления сумерек, чтобы под покровом ночи бежать из лабиринта.

- Что это мы тут шепчемся? - зашел проведать их один из похитителей. - Ну-ка, сидеть тихо, и не шептаться! - прикрикнул он, еще не замечая, что они сидят с развязанными руками. Мисс Ж.М. украдкой передала доктору Сильверу электрошок, который она прихватила с собой, когда открывала свой сейф. Приставив прибор к шее, уже собравшегося уходить охранника, доктор Сильвер с наслаждением нажал на кнопку. Человек в маске повалился на землю, как подкошенный. Сняв с охранника маску, они в крайнем изумлении узнали в нем того самого молодого человека с польским акцентом.

Некоторое время они ошарашено смотрели на него, затем переглянувшись , крепко связали его веревками, и сделав ему контрольный электрошок, пустились на поиски выхода из этого лабиринта...

***

Бежали они долго, то блуждая в тупиковых ответвлениях лабиринта, то находя правильный путь, и лишь под утро вышли к берегу, откуда увидели обворожительный восход солнца.

-Ах, какой свежий воздух! - воскликнула мисс Ж.М. У самого берега Северного моря беглецы уставшие, грязные и голодные, остановились отдышаться.

- Кто бы мог подумать, что с нами такое произойдет. И во сне не привидится, - проговорил доктор Сильвер.

- Да уж, это точно. Мне такое никогда в голову не пришло бы, - глубоко вздохнув, поддержала шефа мисс Ж.М.

- В тот день, когда мы искали старые записи, у меня возникло ощущение, что за мной кто-то следит. Особенно, когда я заметила, что свеча, которую мы установили в прихожей Центра, причудливым образом испускала серый дым и, позже, когда какой-то человек в темном плаще, лицо которого я не смогла разглядеть, неотступно преследовал меня. Я не раз собиралась рассказать вам об этом.

- И все же, каковы будут наши дальнейшие планы? Эта старая ведьма перевернет весь Центр в поисках того, что по ее мнению, поможет им раскрыть секрет, хотя, собственно они ничего еще толком не знают. Значит, у нас достаточно времени, чтобы связаться с моим другом из клана Питерсонов - возможно, он уже приехал. Боюсь вот только, что они его поймали так же, как и нас... Что же делать?- расстроенно воскликнул, почесывая свою лысую голову, доктор Сильвер.

- Доктор Сильвер, смотрите, там есть какой-то домик, может нам удастся хотя бы связаться с полицейскими! - Мисс Ж.М. указывала на деревянную рыбацкую избу. Не раздумывая, они двинулись в сторону домика.

К их огромному удивлению, когда они подошли к дому, из него вышел не кто иной, как Джон Питерсон, друг доктора Сильвера.

- Нус-с, заждался я тут вас, - сказал он, улыбаясь и пожимая руку своему другу. Питерсон шатен высокого роста, с приятной внешностью, носил серый вязаный шарф. Встретив одобрительно-оценивающий взгляд мисс Ж.М., он не замедлил вернуть ей свой, полного восторженного мужского восхищения.

- Бог мой, ну а ты-то что здесь делаешь? –не мог прийти в себя доктор Сильвер, тем не менее радостно улыбаясь и восторженно глядя на своего товарища. - Хотя, чего уж там... Познакомьтесь, это мисс Ж.М., моя ассистентка, я много говорил тебе про нее и ее рассказы...

- Очень приятно! Джон Питерсон к вашим услугам , - посмотрев прямо в глаза мисс Ж.М., исландец протянул руку и, взяв холодные пальцы мисс Ж.М. в свои ладони, долго не мог оторвать от нее взгляда.

Они молча смотрели друг на друга. Мисс Ж.М. смущенно улыбаясь и не понимала, что с ней происходит.

- Едва я подъехал к вашему Центру, - объяснял Джон Питерсон, усаживая их за маленький столик, - как оттуда выскочили мужчины в масках, вывели вас и посадили в автомобиль. Тебя они и вовсе погрузили в багажник,- хохотнул он, глядя на доктора Сильвера, который густо покраснел при напоминании о таком унижающем его мужское достоинство обстоятельстве.

Исландец приготовил горячий кофе и бутерброды, которые он прихватил с собой по дороге в город прямо из аэропорта. Он заподозрил, что случилось нечто чрезвычайное, вскоре после того, как не смог до них в который раз дозвониться.

- Ведь ты же только два дня назад сказал, чтобы я приехал - мол, есть удивительные вещи, которыми ты хотел поделиться со мной, - подливая кофе, продолжал Питерсон.

- Значит, ты не выходя из такси, помчался за нами? – высказал свое предположение, согревшийся горячим кофе и уже пришедший в нормальное состояние духа доктор Сильвер. Он и его ассистентка внимательно слушали своего дорогого исландского гостя, так удачно оказавшегося рядом в трудную для них минуту.

- Ну разумеется. Кроме того, ты в свое время высказал подозрения, что шайка клана Блакдейлс все еще существует. Тогда я усомнился в уверенности, что пару веков назад смогли их должным образом обезвредить, - продолжал Джон Питерсон, изредка переводя на мисс Ж.М. взгляд своих светло-голубых глаз.

- А , дальше ? –доктор Сильвер был поглощен рассказом друга.

- Ну а что, дальше. Дальше было все, как я и предполагал. Они доехали до Брантсфилда, где, как я понимаю, живет мисс Ж.М. Оттуда они вышли, после чего увезли вас за город. Мне пришлось позвонить в полицейский участок, по всем своим контактам, что были у меня. После этого я заехал в Центр, чтобы убедиться , что вас оттуда действительно похитили и обнаружил там эту старую книгу с одной вырванной страницей. Потом, я вызвал полицейских , чтобы те могли охранять все ценности центра и возможные следы вашего похищения, проследил за черной машиной дальше. Теперь знаю, где эти мерзавцы в данное время, - закончил свой рассказ Джон Питерсон, подливая себе только-что заваренный кофе.

- Как быть дальше? Загвоздка в том, что серебряная лампа и

документы находятся теперь в руках у этих стервятников, которые наивно думают, что смогут разобраться в них без нашего участия, - недовольно заметил Доктор Сильвер.

- Не переживайте, доктор, прошу вас! Всех секретов им все равно не раскрыть, - допив кофе и кокетливо поправив свои локоны, мисс Ж.М. извинилась и вышла на улицу, подышать морским свежим воздухом. Все происходило настолько быстро, что единственной мыслью в голове у мисс Ж.М. было вернуть серебряную лампу и те архивные записи, поскольку они представляли с собой важные факты в поддержку её теории и практических поисков, которое она вела все это время.

Джону Питерсону позвонили на мобильник.

-Алло, Джон у телефона... Да, привет, Стивен, говорил Питерсон со своим собеседником по телефону , выходя вслед за мисс Ж.М. и непроизвольно провожал её своим взглядом, который неизбежно остановился на её стройных бедрах.

- Просто замечательно! Мы находимся у рыбацкого дома возле той самой пещеры-лабиринта. Все, до связи, друг мой! - Питерсон закончил разговаривать и пошел по берегу рядом с мисс Ж.М.

- Отличная новость, мисс Ж.М.! Один из моих друзей обнаружил ваш телефон и вашу сумочку. Вы сказали, что там были важные записи – данные, которые дадут возможность разгадать многие тайны, не так ли?- вежливо улыбаясь , Джон Питерсон смотрел на мисс Ж.М., не отрывая свой тайный взгляд.

Через некоторое время доктор Сильвер, спустившийся до этого в подвал рыбацкого дома, позвал прогуливавшуюся по берегу парочку обратно.

- Подойдите сюда!

- Да доктор, вы что-то обнаружили ?- мисс Ж.М. и Питерсон незамедлительно вернулись назад, задыхаясь от возбуждения до домика и быстрого бега.

- Да, да! Вот смотрите, половина старой карты, чудом сохранившаяся в подвале этого домика! - доктор Сильвер держал в руках часть пожелтевшего старинного пергамента, на котором были выведены некие знаки, цифры и указания.

Осмотр находки был прерван группой молодых мужчин крепкого

телосложения, которых Джон представил как своих братьев по клану Питерсонов, - тайного общества, ведшего войну против клана Блакдейлс. При этом Джон добавил, что похоже, война эта не завершена, вопреки его уверенности , теперь все повторялось заново.

- Джон, вот дамская сумочка, которую мы обнаружили у дверей дома мисс Ж.М.. Поскольку они не нашли ничего полезного, то бросили ее прямо у ворот ее дома. Остальные наши ребята идут по следу предводительницы Блакдейлс, известной в городе больше под именем Джейн Маккендри, - быстро объяснил ситуацию Стивен Питерсон и, пригласив Джона Питерсона, Доктора Сильвера и его ассистентку в машину, повез их в город, где в сопровождении полицейских они отправились в Центр.

После того, как полицейские проверили старое здание, инспектор полиции расспросил всех троих о том, что произошло накануне. Не обнаружив ничего пропавшего из ценных вещей и убедившись, в том что сотрудникам Центра ничто не угрожает, полиция уехала, пообещав немедленно сообщить в случае обнаружения престарелой миссис Джейн Маккендри.

- Наконец-то мы остались одни, - подытожил долгий день доктор Сильвер, устало улыбаясь. В этот момент он приготовился откупорить запыленную бутылку с виски очень редкого сорта, обнаруженную полицией в секретном сейфе миссис Джейн Маккендри, но благоразумно не изъятую в качестве вещественного доказательства.

- Ну-с-с, мисс Ж.М., давайте, выкладывайте нам все, что вы знаете, каждую деталь! Мы с Джоном будем внимательно слушать, - доктор Сильвер предложил своему гостю сесть поудобней, вручил ему бокал с виски   разбавленный холодной водой , после чего сам уютно разместился с собственным бокалом в кресле-качалке у окна.

Поглядывая на своих слушателей, мисс Ж.М. продолжила свой рассказ...

-Эта часть истории происходила примерно во второй половине 16 го века, - начала Мисс Ж.М., задумчиво смотря на двух мужчин, и теребя кончик шотландского пледа, накинутого на плечи,- То было время, когда Золотая Орда ослабла и теряла свое влияние в Евразии. Большинство татарских князей переходили на службу   к

Московии. Происходили радикальные перемены в политическом и экономическом укладе всего региона. На Руси наступала новая эпоха, отголоски которой доносятся до современного человечества и поныне.

Молодая женщина по прежнему смотрела в сторону Доктора Сильвера и Джона Питерсона, но взгляд её, подобно некоему фантастическому буру, не замечая их, уже пронзил пелену веков и теперь несся через залитые золотом березовые рощи другого мира, другой эпохи.

Какой год стоял на дворе, мисс Ж.М. не имела представления. Знала только, что была осень...

Часть VIII

«Эшен-Карег и его три сына»

Уже третий день теплый сентябрьский воздух ласкал путников, двигавшихся по приглашению самого русского царя Ивана Грозного из Казани в Москву, а оттуда в Александрову слободу.

***

Александрова слобода с декабря 1564 по 1581 гг, находилось опричная столица,Грозного, окруженная дремучими лесами и монастырями – крепостями. Сюда приплывали иностранные корабли с грузами из Англии, Дании и других стран. Здесь были бумажное производство, печатная слободка, где издавались религиозные и другие книги. Здесь же находились иностранные посольства ...

В Слободе государевы люди готовили новые реформы, переписывали летописи, историю страны, устанавливая связь с римскими цезарями...

Создание государевой библиотеки происходило за сотни лет до Ивана Грозного.

Библиотека пополнялась сначала изъятыми у язычников рукописями.

Книги конфисковывались у опальных князей, бояр, купцов, монастырей, у присоединённых и завоёванных народов Великой Перми, Великой Тюмени, Поволжья , Приуралья, Сибири.

Книг и библиотек у народов Руси было много. В значительной части они писались и тиражировались бардами (акынами), жрецами, просветителями.

Они привозились из-за границы (от Китая до Англии), на шумных ярмарках, они покупались, обменивались и переводились.

Бескрайние луга, леса, поля, озера и реки, деревянные дома и скирды со свежескошенным сеном тянулись по обеим сторонам тракта. Над всем этим вздымался ярко-синий купол неба. Былинная Русь представала перед путешественниками во всей своей красе. Природа настойчиво шептала, что нужно поторопиться, скоро все ее великолепие и вся ее щедрость скроются под белыми сугробами. Придет настоящая - суровая, скрипучая, снежная зима! Путники внимали этому предостережению и наслаждались последними солнечными лучами уходящей осени.

Пожилого мужчину с высоким лбом, белой бородой и голубыми глазами, самого старшего по чину и возрасту среди знатных вельмож и дворян из Казани, звали Эшен-Карег.

Карег- высшая ученная степень Татарской знати, подобная званию академика.

До распада Золотой Орды, он занимал при дворе в Казани высокое положение и был награжден за заслуги Ханом Золотой Орды почетным званием «Карег».

Карьеру ученого мужа, вместе имущественным и государственным положением, Эшен-Карег перенял от своих прадедов. Теперь, за академические достижения, Эшен-Карег был приглашен Иваном Грозным, царем Московии, вместе со своими сыновьями в Москву для составления Царевой Либерии.

Либеря- знаменитая (гипотетическая) библиотека Ивана Грозного, где хранились редкие экземпляры рукописей, пергаментов, латинских хронографов, древнеегипетских манускриптов, ярлыков и дефтерей от монгольских ханов, книг Востока и других народов. В подземных хранилищах и тайниках находились летописи древних славян, скифов, и других народов, а так же богатейшие собрания книг, вывезенных из Новгорода, Твери, Владимира, Суздаля, Пскова...

Воистину, это было большой честью для Эшен-Карега и, безусловно, великий царь был мудр в своем решении, призвать его на службу. Ведь составление либерии требовало очень глубоких знаний и больших творческих усилий. Библиотека была сокровищницей человеческой культуры, величия которой не осознавал полностью даже царь.

Дорога была долгой, и путникам пришлось остановиться на очередной ночлег. Трое сыновей Эшен-Карега: Ибрагим, Садык и Юсуф, набрали около речки спелых ягод и грибов, подстрелили несколько уток. Шатры для ночлега были разбиты на лужайке, рядом с древним, темным лесом. Поужинав вместе с остальными своими спутниками, отец и его дети устроились на ночлег.

Юсуфу, младшему сыну Ешен-Карега, приснился сон, который он впоследствии, так и не вспомнит. Останется странное предчувствие надвигающейся беды, не покидавшее его ни на минуту в последующие дни. И хотя он понимал , что возможно, это было следствием его усталости, сердце сжималось при одном только воспоминании об этом сне. Ведь благо от этой службы, прочившей его отцу почет и достойную старость, было очевидным. С чего же так тревожился Юсуф?

Юсуф проснулся от громкого ржания лошадей. Рядом с ними проезжала карета в сопровождении царских солдат, одетых в долгополые кафтаны из красного сукна, с золотыми пуговицами на мундирах. Кривые сабли назойливо сверкали на солнце. Юсуф прищурился и долго наблюдал за ними.

- Юсуф, укройся, а то простудишься, - окликнул сына Эшен-Карег, набиравший в речке воду перед тем, как снова тронуться в путь, - Вот уже скоро и до Москвы-града доедем. Говорят, служба там для меня будет знатная!..

- Смотри, Юсуф! - воодушевленно продолжал Эшен-Карег, - Посмотри вокруг - краса неописуемая!.. Русь! Великая и прекрасная Русь! Скоро начнутся унылые дожди, и все эти чудные краски поблекнут. И только голые деревья будут чернеть среди снегов, стойко дожидаясь весны... Собирайтесь, седлайте коней, двигаемся дальше, - окликнул он остальных спутников, после чего принялся помогать Юсуфу седлать коня.

Ибрагим и Садык, два старших брата Юсуфа, наблюдавшие за этой картиной с досадливой ухмылкой задавались вопросом, какой такой особенной чертой обладал Юсуф, за которую отец прощал ему все его ошибки. Да, Юсуф рос умным ребенком, и уже в раннем возрасте проявил склонность к языкам. Вместе с отцом он часами рассуждал о дальних странах, людях, живущих там, и их обычаях, мечтал когда-нибудь объездить весь мир. Они беспрекословно последовали приказу отца и быстро оседлали своих коней. Вскоре вся группа двинулась к Москве.

***

Времена были нелегкие. Незадолго до описываемых событий, когда Золотая Орда была еще в силе, до прихода Ивана Грозного, Древняя Русь находилась в плачевном состоянии от бесконечных налогов, нашествий и войн. Нищета была видна повсюду.

Град Московский менялся на глазах. Строились новые монастыри и крепости.

Неподалеку от Москвы, в окруженной диким лесом Александрову слободу, перевезли печатные станки. Здесь издавались указы, переписывались исторические книги.

Юсуф наблюдал за всем с великим удовольствием и помогал отцу и его приближенным в кропотливой работе - создании Библиотеки первого царя Московии Ивана Грозного.

Властный и вспыльчивый, эгоистичный и жестокий, но тонким умом, царь Иван Грозный внушал страх и изводил все свое окружение неугомонным темпераментом, склонностью к вступлениям в браки и царским развлечениям, где многочисленные наложницы исполняли все его капризы и ублажали его похоть.

Говорили, что когда царю исполнилось 13 лет, он уже жил разгульной жизнью, дебоширил и спал со многими девицами. У него были незаконнорожденные дети, которых он прятал далеко от глаз людских, дабы их не сглазили и о них не узнали его законные жены и дети, рожденные в браке.

Последним приходилось нелегко. За свою жизнь царь Московии успел жениться восемь раз. Его законнорожденные дети и жены, как правило, не доживали до старости, становясь жертвами доносов и сплетен. Одну царь утопил в пруду и оставил на съедение рыбам. Вспыльчивость, жестокость, разнузданность царя не знали границ....

Про царя говорили, что в нем сидит дух дьявола. Глаза его, горевшие в темноте желтым светом, напоминали глаза льва. Его жажда знаний, любовь чтения, пылкость и красноречие приводили в восторг приближенных и весь русский народ от мала до велика. Говорили, что Библиотека, которую создавал Иван Грозный, служила единственной

90

отдушиной в отравленной атмосфере наветов, интриг и злословия. Читая и перечитывая книги, Царь приходил в умиротворение...

***

Ивану Грозному было 3 года, когда умер от болезни его отец. Он рос в атмосфере нескончаемых интриг, зачастую приводивших к кровопролитию в царских палатах. Властолюбие, алчность и лицемерие окружавших царевича заложили жестокий нрав и подозрительность Ивана Грозного. По свидетельству приближенных, царь так и не обрел личного счастья. Он был одинок. Похоть его, как он однажды признался в порыве раскаяния своему близкому другу, толкала вновь и вновь к связям с разными женщинами, будучи уже старым и дряхлым, царь смог жениться восемь раз.

Многие летописцы, трудившиеся над созданием Либерии, страдали от плохих условий. Сырость черных от плесени высоких стен подземелья отрицательно влияла на здоровье. Помещения библиотеки освещались сделанными вручную восковыми свечами, изготовленными из животного жира горелками, издававшими невероятное зловоние. Работа шла безостановочно, над архивными записями безперерывно трудились сотни людей, переиздавалось и переписывались огромное количество книг. Все это требовало усилий и энергии. Возникало ощущение, что в этих темных подземных хранилищах остановилось время... Были слышны шелест бумаги, чихание работников, скрип перьев летописцев, с головой уходивших в мир тайных и явных знаков. Здесь были установлены дощатые нары, куда по очереди приходили и отлеживались летописцы, изредка выгибали спины, чтобы совсем не стать горбатыми. А по вечерам напивались, только-что прибывшим из Англии, крепким портвейном, спорили долго, распевали песни и сочиняли стихи кто-то про свою любимую , а кто-то про родные края.

В соответствии с царским указом, создатели библиотеки имели право выезжать по воскресеньям в Москву, для того, чтобы убедиться, что жизнь за стенами утлых келий идёт своим чередом. Такие дни для Эшен-Карега и его трех сыновей были праздником. Они могли подышать свежим воздухом, побывать на ярмарках. Время от времени, в зависимости от изменчивого расположения духа, Иван Грозный проводил здесь казни или игры.

В одну из таких воскресных поездок мимо Юсуфа в сопровождении царской охраны проехала карета. В закрытом темными шторками окошке, Юсуф увидел обворожительные глаза из тех. Взгляд молодой девушки был полон грусти, страданий и невысказанных слов. Печаль и молодость непостижимым образом сливались в огромных голубых глазах с длинными ресницами.

Позже выяснилось, что девушка эта была внебрачной дочерью Ивана Грозного, которую днем и ночью караулила стража. Её должны были за границей выдать замуж. Такие браки служили гарантией развития торговых и экономических отношений между Русью и Европой.

Никто при этом, не ведал, в какую из заморских стран ей было уготовано отправиться и откуда родом был ее суженый. Это было строжайшей тайной. Того, кто бы посмел даже шепотом говорить об этом, по указу царя ждала немедленная казнь.

В тот же момент, еще ничего не зная о прекрасной незнакомке, Юсуфа охватило странное ощущение предопределенности, как это было с ним перед самым приездом в Москву,- подавленный страх еще не исполнившуюся мечту и нереализованные планы, от которого закружилось голова. Увидев побледневшего сына, Эшен-Карег озабоченно спросил:

- Сынок, что с тобой? Ты болен? Может, это сырость в наших кельях и хранидищах плохо на тебя влияет?

- Не переживайте, отец. Я давно хотел вам сказать, меня преследуют какие-то мысли, и снятся странные сны... Мой внутренний голос подсказывает, что мы должны быть осторжны.

- Полно, Юсуф. Не переживай. Если ты не можешь справиться со своей тревогой, я поговорю и переведу тебя в Москву, на хорошую работу. Будешь учить грамоте и наукам детей московских вельмож, ведь у тебя к этому талант! Ты был отличным учеником, читаешь много - твой талант должен быть замечен.

- Что вы отец, не нужно этого! Не сырость, а какое-то неведанные чувство преследует меня... Даже не знаю, я совсем запутался...

- Наверное, ты простыл, сынок, -Эшен-Карег приложил руку ко

лбу Юсуфа и велел быстрее ехать в город.

В избе, где они остановились, Эшен-Карег сам присматривал за сыном. Его знания в врачевании и привезенные травы и снадобья удивляли всех. Сам Эшен-Карег ни на минуту не задумывался, как окружающие могут воспринимать его особое отношение к Юсуфу. Эшен-Карег не признавался даже себе, что возлагал на сына большие надежды, и в глубине души, боялся его потерять, настораживался при малейшей намеке на опасность для его здоровья, как это происходило сейчас.

Два старших брата Юсуфа, с вечной ухмылкой наблюдавшие за этой картиной, попросились прогуляться по городу.

- Не ходите далеко. Посмотрите ярмарку - и назад. Заодно, прикупите еды, - сказал сыновьям Эшен-Карег.

Хозяйка избы была доброй женщиной, тайно исповедовавшей «староверие», по воскресеньям ходила в православную церковь.

- Я заметил, уважаемая, что вы молитесь тайком от всех. Неужели ваша вера в запрете, что ее приходится скрывать?

- Знаете ли вы, дорогой гость, - отвечала женщина, полноватая, в возрасте, с большими добрыми глазами, одетая в темный широкий сарафан, в белую, красиво выщитую кофту, с завязанным на голове платком, вынимая из печи глиняный горшок с дымящимися щами, - вера наша зла никому не приносит. Даже приняв православие, старую нашу веру мы не утеряли. Ведь Господь и Бог один, и все мы живем по единым его заветам.

- Вы правы, Светлана, - согласился, садясь по приглашению хозяйки за обеденный стол, Эшен-Карег.

Печь стояла посередине просторной избы с двумя маленькими оконцами, откуда, раздувая занавески, тянул легкий ветерок. На столе, рядом с горшком, деревянными тарелками и ложками, в маленькой глиняной посуде стояли сорванные хозяйкой еще утром цветы, наполняя избу свежим запахом уходящего лета.

- А вы, дорогой гость, какой веры будете? – в свою очередь спросила у него хозяйка дома.

- Мы – Мусульмане. Раньше мы исповедовали Шаманизм, после прихода Чингисхана – Буддизм. Но вы правы, все мы молимся одному Богу! - отвечал с улыбкой Эшен-Карег.

Обедая вместе, они долго разговаривали о быте русских.

К вечеру Юсуф почувствовал себя лучше и ужинать уже сел вместе со всеми. С ярмарки вернулись старшие братья, принеся пряники и бублики, для писарей и летопивцев , оставшихся отдыхать и сторожить библиотеку в слободе.

- Что видели в городе? - спросил у сыновей Эшен-Карег.

Ибрагим и Садык наперебой рассказывали о том, как весело было на площади, как они наблюдали единоборство богатырей, как гулянья сопровождались громкими и пьяными драками, и как кто-то был казнен при большом скоплении народа, а вот кто и за что ,- братья узнать так и не смогли.

- Ну что ж, спасибо этому дому и доброй хозяйке. Нам ранним утром возвращаться в Александрову слободу, - сказал Эшен-Карег и когда все, кроме хозяйки по-прежнему хлопотавшей по дому, улеглись, сел и написал царю прошение о том, чтобы его и троих его сыновей перевели в главные палаты, он мог бы продолжать работать над систематизацией библиотечного каталога и в дали от слободы. А, его младший сын Юсуф мог быть более полезен Государю, если бы был приставлен преподавать уроки детям московских бояр.

***

В скором времени Эшен-Карег получил ответное письмо из канцелярии Ивана Грозного о том, что его челобитная будет удовлетворена, и Юсуф сможет учить детей столичных вельмож.

- Юсуф, мой мальчик, - радостно позвал сына Эшен-Карег.

На рабочем столе Эшен-Карега, со взломанной царской печатью из красного сургуча, лежало письмо с приглашением на службу в Москву.

Эти моменты Юсуф будет помнить всю свою жизнь: темные, вечно сырые и бесконечно высокие стены, огромные печатные станки, запах прогоревших светильников, шелест и скрип перьев... Бледные, словно сошедшие с икон, лица писцов... И наконец, потаенные шорохи, которые долгие годы спустя продолжали преследовать Юсуфа в его снах. По этому поводу он даже как-то поделился с отцом подозрениями, не подслушивает ли кто-то за работниками Либерии, на что отец, приложив палец к губам, философски отвечал, что и у стен есть уши, а возможно и глаза. Такое объяснение мало устраивало юношу и в глубине души он всегда опасался, что, в какой-то момент, их всех здесь могут оставить навсегда замурованными в этих стенах, и никто не сможет найти и следа...

Часть IX

«Любовь и бегство Юсуфа»

Юсуф был красивым и статным юношей среднего роста, с высоким лбом, умными глазами и русыми волосами, привлекавшим внимание всех девиц в округе- как в Александровой слободе , так и после переезда царские платы Ивана Грозного . Юсуф отличался от своих братьев как внешне , так и своим талантом к знаниям.

Куда бы Юсуф не ходил, он носил с собой какую-то книгу. Никто не знал, что в ней. Мало кто из государевых людей, посещавших Либерию со специальными поручениями или проверками, обращали внимание на ничем непримечательную, в затрепанном коричневом переплете книжку. В действительности же, она была неким журналом, в котором они с отцом тайно составляли опись книг, поступавших в Либерию для переписи и хранения.

В журнал вносились только определенные книги. Бывало и так, что бегло ознакомившись с содержанием книги, царь был недоволен и приказывал писарям переписывать книги, которые он сам диктовал , переписывать книги с исправлениями , а оригиналы сжигать. В такие моменты, Эшен-Карег, записывал в журнал необходимые сведения и старался спрятать оригиналы, подменяя их на бракованные копии, тем самым спасая оригиналы от уничтожения.

Юсуф по наказу отца, ни на минуту не расставался с их журналом, ведь в нем содержалась бесценная информация о еще более бесценных источниках, донесших через глубину веков мысли лучших умов древности.

- Сынок, здесь записи о тех чудесных книгах, которые я с моим верным другом, дьяконом Дмитрием, хотим переправить в далекие страны, где они будут в безопасности, - говорил Юсуфу отец в те редкие минуты, когда они оставались наедине. - Сюда, в урочный час, я приложу тайную карту, в которой мы укажем страну, куда будет перевезен наш драгоценный груз...

- Ох, чует мое сердце, что-то неладное замышляет эта ведьма-чародейка! – добавлял Эшен-Карег после тягостных размышлений.

Речь шла о женщине-чернокнижнице, которая посредством своей черной магии, сумела войти в доверие к царю и вместо лечения, тайно наводила на него порчу.

Много раз Эшен-Карег просил аудиенции у царя уверяя, что его знания и изготовленные им снадобья помогут царю лучше, чем темное знахарство чародейки. Ходили слухи, что злая ведьма приносила в царские покои плошки с зелеными слизистыми червями, под предлогом, что они нужны для лечения его недужных сосудов. Никто толком не знал , что за черви и отличались ли они от обыкновенных врачебных пиявок. Все прекрасно знали, что в такие дни возрастала вспыльчивость царя, переходившая в приступы дикой , неконтролируемой ярости, стоившей жизни многим его приближенных.

По наблюдениям Эшен-Карега, примерно в это же периоды достигал своего пика и « интеллектуальный нигилизм» самодержавца, выражавшемся методичном искоренении наследие мыслителей древности, и его подменяла «демоническая» трактовка, той или иной темы, о чем с прискорбием и делал записи в своем тайном журнале Эшен-Карег.

Просьбы допустить его к лечению государя так и не были доведены до Ивана Грозного - видимо, в царской свите у ведьмы были свои союзники.

- Прошу вас, отец, не надо так волноваться, - успокаивал Эшен-Карега Юсуф, видя как тот держится за сердце и пьет успокоительные снадобья собственного приготовления, - Все что вы можете сейчас сделать, это продолжать вести учет книг-«переделок» и спасать настоящие экземпляры от огня. Я же обещаю сделать все возможное, чтобы ваш журнал никогда не попал в руки недоброжелателей и спасенные вами книги, были бы возвращены человечеству. Обещаю вам, отец, это сделать, даже если на это уйдет вся моя жизнь!

Работа и жизнь в царских палатах, где Юсуфу приходилось

видеть, слышать и даже быть вовлеченным, против своей воли, во всевозможные интриги и коллизии государева двора, довольно быстро повлияли на его характер. Из пылкого и неуравновешенного юноши, младший сын Эшен-Карега постепенно становился строгим и сдержанным, привыкшим взвешивать каждое свое слово человеком. Он быстро осознал, что слухи и наветы были самым ядовитым и смертельным оружием, которое могло быть использовано против каждого, кто по наивности или ошибке, принимал врагов за преданных друзей.

Каждое утро, проходя через палаты вельмож, Юсуф слышал за своей спиной перешептывания царевой челяди. Иногда полные участия и восхищения, чаще – зависти и открытой враждебности. Что бы о нем ни говорили, и на что бы ни старались подбить его завистливые государевы прислужники, Юсуф старался безукоризненно и с достоинством выполнять свою работу преподавателя. Затем, отгоняя от себя всяческие соблазны, прямиком возвращался к своим пенатам через нескончаемые и темные коридоры царских палат, полные подвохов и опасностей.

Тянулись долгие дни, его рутинная деятельность представлялась бесконечным движением по замкнутому кругу. Его душа рвалась куда-то в даль , ему хотелось бежать – прочь от каменных стен , от всего того, что ему претило, от людей, которые не любили его, его отца с братьями. Юсуф прекрасно видел, что отцу тоже приходилось нелегко, что он стремясь укрыться от людской косности, с головой зарывался в архивные свитки, в поисках редких экземпляров книг.

Шли дни, месяцы.... Однажды царь даже похвалил Юсуфа, что еще больше усилило враждебность окружающих.

Юсуф понимал, что из создавшегося положения должен быть какой-то выход, и много раз просил своего отца сказать, неужели им суждено провести в этих палатах всю свою жизнь? А как же тогда быть со снами, которые он видел? Дорога, бесконечная дорога... Что же все это означало? ..

- Юсуф, ты молод, полон сил и отваги. Запомни, твоя отвага сейчас ни к чему,- шепотом внушал отец.

- Отец, я давно вам собирался сказать, что меня преследует один сон...

- Все,все, сын! Давай, иди, работай, - отмахивался погруженный в работу Эшен-Карег. Для именитого ученого, работа с библиотечными архивами была одновременно и призванием, и большой ответственностью. Свое назначение куратором царской библиотеки он принял как дар судьбы, и теперь отдавал все знания и силы подготовке собрания редких книг и составлению уникального каталога библиотечного фонда Либерии...

***

В один из таких будничных дней, в палате, где Юсуф обучал детей местных вельмож, он встретил знакомое, милое его сердцу лицо... Те самые глаза с длинными ресницами, голубые и печальные... Юсуф, потеряв дар речи, встал едва дыша...

Он долго не решался поднять голову и взглянуть на новую ученицу. В ходе урока, он смог рассмотреть ее более внимательно. Девушке было лет семнадцать, одета она была в красный шелковый сарафан. Из под белого капюшона на Юсуфа изучающе смотрели голубые глаза. В те мгновения, когда их взгляды встречались, ее лицо краснело, от смущения она отводила свои невероятно красивые глаза.

Шли дни, и Юсуф учил теперь и ее. Красавицу звали Дарья , и она действительно была внебрачной дочерью царя Ивана Грозного.

По утрам Юсуф долго не мог сосредоточиться. Он просил приготовить отца настой для придания сил. Эшен-Карег не понимал причины и молча заваривал травяной чай. Эшен-Карег понимал, что сын уже взрослый и что-то скрывает от него.

Однажды вечером после работы, перед ужином Эшен-Карег, зажигая очередную лампу, посмотрел строго на Юсуфа.

Тот сразу понял, что сейчас последует требование объяснений и решил перехватить инициативу.

- Отец, не волнуйтесь. Я исправно преподаю детям. Стража следит за порядком, не смыкая глаз. Хотел спросить вас про судьбу Либерии... С тех пор, как мы выехали из Александровой слободы, меня не покидает предчувствие, что непонятным мне образом, стены хранилища навсегда сомкнутся и его месторасположение станет загадкой, которую никто не сможет раскрыть. Исчезновение библиотеки станет делом рук той женщины-чернокнижницы, что находится при царе. Она принесет с собой зло, и произойдет непоправимое...

- Цыц, мальчишка! - воскликнул Эшен-Карег. - Думай, о чем говоришь! И думай о том, что нужно ли произносить вслух то, о чем думаешь. Сколько можно повторять - здесь даже у стен есть уши! Все, что тебе снится или кажется - это всего лишь, твое душевное состояние. Мы должны отложить в сторону все наши сомнения, предчувствия и страхи, чтобы справиться с той работой, которую нам доверили. Пойми, сейчас не может быть ничего важнее этого!

Когда пала Золотая Орда я даже не знал, как мы будем существовать. Многие мои друзья остались доживать свой век в полной нищете. Если бы не мое ученое звание, что бы мы делали сейчас? И выжили бы? ...

Ведь все, что было достигнуто Чингиз-ханом, было разворовано его бывшими приспешниками, а все, что осталось после них, теперь пытаются уничтожить темные кланы... - Здесь Эшен-Карег осекся, поймав себя на том, что разгорячившись, высказал вслух то, о чем боялся думать. Виновато замолчав, он некоторое время сидел, глядя на догоравший в очаге огонь, в его глазах поселились отчаяние и печаль, на фоне которых смятение Юсуфа моментально рассеялось...

В ту ночь Юсуф не спал. Он мечтал только о том, чтобы встретить рассвет где-нибудь далеко за стенами царских палат и бежать, срывая с себя одежду, далеко в лес, где бы он мог кричать и петь, купаться в речке...

Под утро он покинул государевы палат на весь день. На службе он так и не появился.

Обеспокоенный Эшен-Карег ждал сына до позднего вечера. Но когда тот вернулся домой возбужденный и сияющий от счастья, Эшен-Карег все понял. Понял, что Юсуф влюблен. Понял, что сын - уже взрослый мужчина. Понял также, что это конец службы у Ивана Грозного.

Но Эшен-Карег так и не спросил ничего у сына. Он не посмел нарушить состояние душевной радости и счастья Юсуфа. Он понимал, что Юсуф не может находиться под его крылом вечно. И, что настанет день, когда Юсуф вырвется из его рук, и его строгий, самостоятельный характер, его свободолюбие и светлый ум - дар Всевышнего - возьмут вверх над стараниями отца удержать его от внутреннего поиска и стремление к лучшей доле...

- Кто она? – спросил отец у Юсуфа.

- Мечта моей жизни, – опустил глаза сын. Скулы на его лице нервно задвигались. Юсуф больше не мог скрывать от отца свои чувства и любовь, которую жаждал разделить со своей избранницей. Скрывать, что они тайно встречаются, поскольку их связь была, в принципе, невозможна и что ему следовало быть очень осторожным.

Эшен-Карег радовался за сына. За его состояние душевного полета. И в то же время понимал, что из этих краев надо уезжать.

На следующий день он написал прошение царю о смене места работы и направлении своих сыновей и его самого для ведения аналогичной службы в Архангельск.

Заметив письмо, лежавшее на столе еще незапечатанное, Юсуф предчувствуя, что старик мог пойти на радикальные меры, дабы оградить сына от несчастья решил прочитать содержание. Он сразу понял намерения отца. Поскольку он не мог ни на минуту смириться с мыслью о том, что их с Дарьей могут таким образом разлучить- и кто, собственный отец!

Дождавшись, когда Эшен-Карег пошлет слугу с письмом к Ивану Грозному, тайком последовал за ним, перехватил по пути в государеву канцелярию и уговорил зайти подкрепиться в одном из трактиров, напоил крепким испанским портвейном. Подменил письмо, в котором теперь содержалось прошение не о переводе на новое место службы, а о повышении его жалования...

Прошло несколько недель, Эшен-Карега пригласили в государеву канцелярию и после объяснений по поводу того, что повышение жалования в ближайшее время невозможно из-за скудности казны (можно было представить изумление Эшен-Карега, который разумеется, ни о чем подобном не просил) вручили ему от имени царя Всея Руси необычный медальон, изготовленный из чистого золота.

Медальон был двусторонним и откручиваясь разбирался на две части. На одной стороне, в обрамлении вырисованных лавровых ветвей, изображена царская корона, богато инкрустированная самоцветами. Под ней было отчеканено «Эшен-Карегу за доблестный труд по составлению Государевой Либерии».

На другой стороне медальона были выбиты стрелки, указывающие на несколько потайных секций. Там же был искусно выполнен профиль Ивана Грозного с надписью «Первый Русский Государь Московии Иван Грозный».

Необычный подарок привел Эшен-Карега в глубокое замешательство. Он не мог понять, была ли подобная царева щедрость актом благодарности, или же деликатным способом отказать в переводе. Так или иначе, планы Эшен-Карега теперь срывались. Угроза жестокой расправы за связь с внебрачной дочерью царя, нависшая над Юсуфом, с каждым днем становилась все более очевидной. Он несколько раз пытался попасть к царю на прием, но подходящего случая все не представлялось – либо Царь находился в отъезде, либо на охоте, (которую страсть как любил), либо был сильно занят государственными делами и встречами , на которых Эшен- Карег часто присутствовал сам, помогая вести переговоры с посланниками из южных и восточных пределов Великой Руси...

Эшен-Карег решил отпраздновать получение медальона, сыновьями и товарищами по цеху: писарями, печатниками и прочими работниками , занятыми в процессе переписи и компиляции библиотечного фонда в Александровой слободе, устроил небольшую трапезу в местном трактире. К вечеру маленькая трапеза , самым естественным образом перешла в попойку, в ходе которой Юсуф, едва прикасаясь к яствам и пропуская мимо ушей многое из шуток и рассказов , которыми так и сыпала стосковавшаяся по общению библиотечная братия, с увлечением изучал конструкцию дорогого царского подарка.

- Смотрите, отец - с одной стороны медальона нанесены стрелки, показывающие, как раскрываются отдельные, скрытые от глаз части корпуса... Что и говорить, работа весьма изрядная и утонченная , - восхищенно констатировал Юсуф, копаясь в миниатюрном механизме медальона.

- В корпусе много секретных отделений, говоришь? Посмотрим, найдется ли одно, достаточно большое, чтобы вместить туда нашу карту. Эшен-Карег многозначительно посмотрел на сына.

- А ну-ка, дайте посмотреть, что за царев подарок такой, - подсел к младшему брату Садык, взял медальон, стал вертеть его в руках, разглядывая стрелки. Следуя указанию одной из них, он нажал на едва выступавший штырек в месте соединения двух основных частей корпуса. С легким щелчком, с обратной стороны стыка выдвинулась крохотная рукоятка заводного механизма. Недолго думая, Садык принялся ее крутить. Решив, что механизм не работает, Садык повторно нажал на штырек, чтобы вернуть рукоятку на место.

В то же мгновение медальон полыхнул ярким, голубоватым пламенем, на секунду осветив лица шарахнувшихся в разные стороны участников пирушки. Юсуф был готов поклясться, что вместо привычных очертаний губ, щек, ушей и глаз товарищей, он увидел их светящиеся голубым светом черепа с сияющими глазницами и скалящимися челюстями.

В следующую секунду пламя перекинулось на подол рубахи Садыка, который от неожиданности выронил медальон из рук прямо к себе на колени. Испуганно вскрикнув, Садык вскочил и заметался по комнате, вопя и пытаясь скинуть с себя пылающую рубаху, в то время, как остальные в не меньшей панике бросились к выходу, крича о помощи:

– Помогите! А-а-а, горим!!!!

– А ну братцы, расступись! – с улицы вернулся, неся большой ушат воды, дьякон Дмитрий и с размаху выплеснул его на Садыка, да так ловко, что огонь сразу потух. Собравшиеся некоторое время нервно глядели друг на друга, но затем, осознав, что опасность миновала, развеселились. Их громкий смех буквально сотрясал весь трактир, в результате чего сюда набежала целая толпа зевак, поглядеть на шумную компанию...

– Ну что, дети мои, – назидательно обратился к присутствующим Эшен-Карег, – Верно говорят , что с огнем шутки плохи. А посему, верните медальон хозяину.

С этими словами, старший куратор Либерии вытащил из-под скамейки закатившийся в суматохе медальон, тщательно протер и вернул все выдвижные его части на место. Спустя некоторое время, убедившись, что гости приступили к прерванной, Эшен-Карег достал из кармана свернутую в трубочку миниатюрную карту на тонком пергаменте, бережно положил ее в одну из потайных секций медальона, закрыл и надел его себе на шею, после чего присоединился к общему веселью, продолжавшемуся теперь уже до самого утра...

Возвращаясь домой с первыми лучами солнца, участники пирушки весело вспоминали беспечную выходку Садыка, который после инцидента первое время сидел мрачный, в мокрой и полуобгоревшей рубахе. Позже, когда ему принесли переодеться сухую одежду он пришел в хорошее расположение духа и теперь, помня о том, что лучший способ достойно выйти из нелепого положения, это смеяться вместе со всеми, гоготал над собственной незадачей громче всех.

***

В березовой роще на зеленой поляне, где они тайно встречались, никуда не торопясь, где протекала полноводная река. Дарья плела из одуванчиков венки в тихой прохладе лета. Юсуф смотрел на возлюбленную, боясь проглядеть хоть один изгиб ее стройного тела, упустить хоть одно слово, случайно оброненное ею. Оба, едва осознавая, насколько быстротечно время, впивались друг в друга припухшими от поцелуев губами в порыве страсти, которая с каждым часом вытесняла чувство стыда , страха и вины за ослушание перед своими отцами.

- Юсуф, я не смогу уехать из этих краев без тебя,- сказала вдруг Дарья, уронив горькую , горячую слезу на плечо крепко обхватившего её возлюбленного.

Ее глаза были краше утренней зари. Алые губы, усыпавшие тело Юсуфа нежными поцелуями, были алее лепестков роз. Дарья то брала себя в руки, то опять лила слёзы. Юсуф успокаивал ее, и прижимая ее к себе все крепче и крепче, говорил:

-Ничего - ничего, Дарьюшка - на все воля Всевышнего. Мы обязательно будем вместе, у меня есть план...

- Юсуф, ты не представляешь, что сделает с тобой мой отец, если узнает о нас. Он не с проста прославился « Иваном Грозным». Его дикая ревность и злопамятная натура, властолюбие и гордыня, чудовищным образом растлившие его и наряду с этим, слабость его духа, поддавшегося темным чарам Чернокнижницы, погубят и тебя, мой милый, мой любимый... А значит, погубят нас обоих... -совсем безутешно рыдала Дарья.

- Не плачь, милая, мое сердце разрывается на мелкие части,

которые мне в этой жизни не собрать без тебя, моя любимая. Моя душа будет вечно принадлежать только тебе, клянусь!.. Тебя могут хватиться, ведь уже три стражи сменилось с тех пор, как ты ушла сегодня на учебу.

- Я знаю. Видно, таково судьба моя девичья... И мне следует смириться...

Легкий ветер, задувавший с востока, донес до влюбленных треск камышей, сдавленный крик и через несколько мгновений перед ними предстали полные смятения старшие братья Юсуфа: Ибрагим и Садык.

- Что ты наделал, Юсуф? Ты погубил всех нас!!! - с тихой ненавистью выдавил из себя Ибрагим и швырнул Юсуфу мешок с монашеским одеянием. - Одевайся, лошади уже ждут. Придется бежать вместе. Отца взяли под стражу, он успел приготовить запас еды и лошадей, поскольку давно ожидал этого дня. Его тревога за тебя, поэтому он стал посылал нас, чтобы приглядывали за вами. И сегодня произошло то, что должно было случиться – царская стража выследила вас.

При этих словах Ибрагим отошел в сторону от примятых камышей, и влюбленная пара в ужасе заметила распростертого на земле человека, одетого в черную накидку с клобуком, из под которой выглядывал кафтан царского стражника.

- Их было двое... Одному из них удалось ускользнуть! - мрачно закончил Ибрагим.

- О, Господи, помилуй! - запричитала побледневшая Дарья.

- Замолчи! - прикрикнул на нее Ибрагим, - Отправляйся вдоль ручья прямо на запад. В полуверсте отсюда, у ракитового куста тебя встретит дьякон Дмитрий, ближайший друг отца. Он проведет тебя в палаты. У тебя уже не будет выхода, до прибытия корабля, на котором ты отправишься к своему суженому. Возьми этот ключ от подземелья, сможешь им воспользоваться, чтобы повидать нашего отца и сказать ему, что мы бежали.

С этими словами Ибрагим протянул девушке небольшой кованый ключ.

- Ну что ж, пора в дорогу! - воскликнул Садык, помогая Юсуфу сесть в седло.

- Милый, милый Юсуф!.. - зарыдала Дарья.

- Время вышло! Прощаться некогда. В путь! - перебил её Садык и хлеснул коня Юсуфа.

Так и умчались братья Ибрагим и Садык вместе с ее возлюбленным, оставив безутешную Дарью наедине со своим горем и телом задушенного стражника . В полузабытье, качаясь от горя и заливаясь горькими слезами ,двинулась она вдоль ручья, встретилась с дьяконом Дмитрием, который тайком провел ее в царские палаты.

Братья же уходили от погони все дальше и дальше на восток, прячась днем в дремучих лесах, продолжая путь лишь с наступлением ночи. Впереди их ждала долгая дорога, полная трудностей и разочарований...

***

Царь был в страшном гневе, которому легко поддавался даже при нормальных обстоятельствах. Трудно было описать его ярость теперь, когда погоня вернулась ни с чем, и вместо беглецов в палаты прибыла повозка с телом убиенного царева соглядатая.

Эшен-Карег, жестоко избитый стражниками кнутом, сидел в разодранной и окровавленной одежде , взаперти, под наблюдением усиленной охраны. Перед ним с пеной у рта и брызжа слюной метался Царь Иван Грозный.

- Я доверил тебе свои государственные дела! А ты, дьявол, бусурманин Ногойский! А ну! - он неистово гаркнул и, ухватив Эшен-Карега за бороду, с силой ударил его несколько раз головой о каменную стену каземата.

Эшен -Карег принял все удары судьбы, понимая, пощады не будет. Один из стражников брызгнул на него холодной воды. Он очнулся от побоев и придерживая свои сломанные ребра, проговорил тихим, но твердым голосом :

- Я, прибыл государь по вашей просьбе, не так ли? Отдал все свое знание, чтобы создать Либерию. Куда вложено не только мои знания , но и силы и энергии, других писарей, работников, - покашливая продолжал Эшен- Карег.

-Как же так, из под моего носа, сбежал дьявол, басурманин Юсуф?! - с ехидным взглядом продолжал царь, поглядывая на всех сидящих в той палате, где шел суд над Эшен-Карегом.

-Каждый отец, сделал бы все, чтобы сыновья остались живы и были на свободе, так поступил бы любой на моем месте, и это не предательство, великий государь !- молвил так же с твердой речью, Эшен- Карег.

- Стража! Стража! - кричал царь от бессилья, фыркая и расхаживая, рыча как тигр по палате.

- Бросьте его в темницу, и глаз с него не спускать, завтра устрою ему жестокую казнь,- с крежетом прикусывая свои зубы , приподнял до потолка испуганного стражника с вытаращенными глазами.

Пошлите в погоню за этим дьяволом Юсуфом! Он мне нужен живой, слышите живой! Я ему прожарю печенку! - кричал и топтал, хлопая за собой дверь палаты. С дерганными бровями, с кривыми и яростными желтыми глазами, царь размахивая своими руками, шел по коридору и громко бормотал про себя...

***

Дьякон Дмитрий тайно провёл Дарью в её палаты. Теперь она сидела у окошка. И когда с ревом и криком к ней ворвется царь, Дарья встретила его бесстрашным взглядом.

Этот взгляд словно возвратил царя в сознание и он понял, что перед ним взрослая и независимая дочь.

-Дарюшка, дочь моя! - вдруг царь упал на колени и громко разрыдался. Он понял, что ее властный характер от него. И теперь, перед царем стояла сильная и взрослая женщина.

Иван Грозный восхитился дочерью. Но, глубоко скрывал свои чувства.

- Отец, не плачь! - вдруг заговорила Дарья, своим строгим девичьим голосом.

-Царь- ты для людей, а для меня еще и –отец! Ты занят своей жизнью. Скоро прибудет корабль, и ты меня больше никогда не увидишь. Я прощаю тебя!

- Поща-ди-и , своего отца! - разрыдался , как ребенок царь , дабы узнать всю правду.

Дарья пристально взглянула на него и тихо прошептав на ухо:

-Отец, прислушайся к Эшен- Карегу. Чует мое сердце колдуньячернокнижница, затевает что-то недоброе.

- Аа-а, а ты мне не подскажешь, куда бежал тот сорванец Юсуф? - продолжал шептать тем же робким голосом Иван Грозный.

-Ты не узнаешь ничего!- ответила Дарья. - Горбатого могила не исправит!- стояла твердо на своем , со строгим взглядом отталкивая своего отца.

-Стража! Стража! До прибытия корабля, никуда её не выпускать! Слышите, никуда не выпускать! - так же с криком , громко захлопнув за собой дверь, царь со своим указательным пальцем тыкал в лоб до смерти испуганного стражника.

Это была последняя встреча Дарьи с ее отцом.

***

Ночь... Из маленького окошка вырисовывается   краешек убывающей луны, как знак того,   что все грехи смыты. Эти мысли успокаивали Эшен -Карегу, в темнице ожидавшего утренней казни.

Теперь ему были ясны тревоги Юсуфа, пытавшегося предупредить отца, рассказав о своих снах   и предчувствиях...

Эшен- Карега ни о чем не жалел. Он узнал от дьякона Дмитрия ,что сыновья бежали и царская погоня не смогла их догнать.

Какой –то тихий шорох, перебил его мысли и чей-то голос , будто звонкий колокольчик произнёс:

- Господин Эшен- Карега, - придя в сознание он, в полном изумлении увидел, одетую в монашескую одежду Дарью, её печальные голубые глаза.

-Ты что здесь делаешь? Если тебя застанет стража, нас обоих казнят!

- Простите, меня мой дорогой Эшен- Карег. Я виновата во всем. Простит ли меня Юсуф? –так же продолжала тихим   и молящим голосом Дарья.

–Да тихо ты, чего тут говорить? Что тебе в голову сбрело ?

-Перестань лить слезы. Вы молоды, ваша любовь только разгорается, и не в чьих силах потушить и растоптать её, даже самому царю,- с какой –то тайной насмешкой прошептал Эшен-Карег.

Он попросил Дарью об одной услуге:

- В моей палате найдешь деревянный сундучок. В нем жидкость, которая поможет мне, уснуть без боли . И не губи свою душу, не казни себя. Твоя любовь к Юсуфу поможет ему выжить, даже в самые трудные минуты жизни. Я, старый глупец так и не выслушал его. Что ж... Чему быть, того не миновать.

-Господин, покуда я жива, будет жить и ваша кровь. Под сердцем ношу я ребенка Юсуфа, и вашего внука.

Эшен-Карег благословил Дарью, и подарил ей вторую часть золотого медальона. Он объяснил, что первая часть у Юсуфа, там же и его драгоценная книга- картотека.

-Я отдал её Юсуфу. Это поможет ему в трудную минуту. Первая часть, в которой этот драгоценный камень обладает магической силой. Я открыл тайну медальона. Дьякон Дмитрий смог тайно перевезти ценные книги на тот самый корабль , что увезет тебя , доченька, - ласково по отечески сказал.

« Совсем старец, помутился разумом »,- подумала Дарья.

Прерывая свою речь Эшен- Карег понимал, что его наставления и просьбы очень удивляли девицу. Чтобы совсем не напугать её этими небылицами , про которые , она не имела ни малейшего представления и об этих тайнах , дальше кивая головой, и прося лишь об одном обещании выполнить все просьбы мученика, Эшен- Карег продолжил свою речь простым языком:

- Теперь , мне и не жаль покинуть этот мир. Ты осчастливила меня, старика. Пусть Всевышний хранит и тебя и моего внука. Редчайшие книги – будут дороги всему человечеству. Я нарисовал две карты , одна у Юсуфа, там отмечена страна, куда тебя увезет корабль. Я узнал и начертил по памяти и по звездам твой путь. Храни ценнейший груз книг. Ярости и казни царя мне не избежать. Но мысль о том, что пока вы живы с Юсуфом, будет жить история...

Поцеловав медальон, Дарья пообещала выполнить его просьбу, спрятала карту и, увидев на столе серебреную лампу Юсуфа, положит её прямо у себя под сердцем. Проливая свои слезы и попрощавшись навсегда с Эшен-Карегом, уйдет в свои палаты до приезда того самого энигматичного корабля...

Обнаружив на следующий день спящего вечным сном Эшен-Карега, царь отрубил головы двум стражникам, которые не уберегли того для казни.

Позже случилось непоправимое. Однажды в гневе и в ярости, царь случайно убил сына, колдунья - чернокнижница использовала « темные силы» и двери Либерии замуровались навсегда. Говорят и по сей день следы этой Либерии не могут найти , тайна и мистика о существовании Либерии остается не раскрытой и по сей день...

***

Дорога... Три всадника. Ночью ориентируясь по звездам Юсуф и его братья продолжали свой путь. Чтобы не заблудиться и не оставить следов, они ловко двигались по карте, переданой Юсуфу. Дальний путь. Долгий путь, тот самый, что во сне видел часто Юсуф.

Раннее утро... Розовый восход, с появлением первых лучей солнца, звезды исчезают одна за другой...

Братья заметили: во сне Юсуф, что-то бормочет, кричит и скулит, как собака. Он будто медленно сходил с сума у низ на глазах.

- Не казни себя Юсуф, - Садык хлопает его по плечу - Ты знал, на что идешь. Пусть отец покоится вечным сном. Перестань терзать себя. Смотри, совсем с ума сойдешь. Перестань, слышишь?!

- Садык, мне никогда не найти покоя. Моя душа в вечном поиске. И я не прощу себя. Отец души во мне не чаял, - вдруг разрыдается громко Юсуф.

- Замолчи! Шайтан ты неугомонный, слышишь, замолчи ! - закричал Садык, от злости.

- Пора стать мужчиной!- дальше метался его брат.

Они подолгу спорили, но в это раз Садык ушел к речке набрать воды, а Юсуф попросил, чтобы его разбудили ночью, когда двинутся в дорогу.

Он подолгу изучал карту, что передал ему отец, золотой медальон, его механизм. Он вспоминал вечер в таверне и лица писарей...

Картотека была составлена по особой геометричной раскладке , которую можно было прочитать , только при помощи второй части медальона. Возможно разгадкой всех этих тайн и символов , что были расположены по столбикам и по диагонали , больше наводило на ту мысль, что это будет разгадано когда -то в будущем.

- Мне нужно тщательно изучить и начертить план. Тот, кто сможет отыскать вторую часть медальона, узнает эту всю эту глубочайшую тайну ,- шептал про себя Юсуф.

Братья, не полагаясь на Юсуфа, были уверены, что теперь он совсем выжил из ума, старались не вмешиваться в изучение книжки в коричневом кожаном переплете...

Барханы, пустыни сменили бескрайние леса и теперь сопровождали дальнюю дорогу .

Казалось, что дни и ночи переплелись, время остановилось. Передвигаться было тяжело.

Мелкий золотисто - красный песок проплывал без шороха перед взорами путников. Дневная изнурительная жара заставила их искать верблюжие колючки, которыми они пытались утолить жажду, попивая из под корней. Они охотились на сайгаков и ящериц. Так проходили дни...

Чтобы хоть как-то утолить жажду, они выжимали скудный сок из толстых корней.

***

... Звон копыт колокольцев проходящего каравана, стал для них спасением.

- Откуда путь держите, спросил караван-баши, оказавшийся казахским бием, возвращающимся с богатым товаром.

-Мы сыновья Ногой бия, служили в Московии. Отца казнили, мы сбежали. С тех пор, мы в поисках новых земель, - ответил старший из братьев Ибрагим.

- Ну тогда за дело! Помогите напоить водой моих верблюдов и лошадей, дорога дальняя, - с улыбкой попросил бий.

Прошли дни, месяцы. Караван дойдет до назначенного место.

В одно прекрасное утро, братья проснулись и обнаружили, что, караван и караван- баши, исчезли без следа.

Царила тишина. Только остатки хлама и большой верблюжий и лошадиный навоз, напоминали о караване и его хозяине.

- Как же так, они оставили нас здесь одних и ушли? – в недоумении метался средний брат Садык.

От обиды его скулы нервно дергались, ноздри вздувались, а в глазах было отчаяние и в голосе звучала некая злость.

- Да не плачь ты так, Садык. Мы ему больше не нужны ! Мы помогли пройти самый тяжелый путь, в обмен он не оставил нас помереть в песчаной пустыне. Не зря он поил нас вчера щедро вином,- успокаивал его Юсуф.

- Как же так , мы ему больше не нужны ? Он же обещал выдать за меня одну из своих дочерей. Дать земли и работу! - в истерике кричал Садык.

- Как ты не понимаешь, Садык! Мы ему больше не нужны, слышишь не нужны! Он нам помог перейти долгий и трудный путь, - пытался успокоить его Юсуф.

- Ах, ты... Это все из-за тебя! Из-за тебя казнили отца! Из-за тебя мы в этих чужих краях! Из-за тебя! - кричал совсем потеряв контроль на собой Садык.

-Казахский –бий заметил, что ты заигрывал с его молодой наложницей! Он же не слепой! - кричал Садык.

- Я не заигрывал с его наложницей! Ты в своем уме. В моем сердце живет Дарья, моя любовь. Я не смогу себе простить, что по моей вине казнили отца! Это будет меня угнетать всю жизнь. А ты- наивный !- кричал в свою защиту Юсуф, не подозревая ничего.

- Не можешь ты жить спокойно! Не можешь ты жить как все! Ты – дьявол , - с разбегу напав на младшего брата, Садык со всей силой и злостью начал избивать Юсуфа.

- Давай повяжем его и пусть здесь в пустыне, подыхает один! - кричал Садык.

Братья избили Юсуфа. Когда его повязали он услышал чей-то голос. Ему кто-то шептал. Как –то еще в детстве отец его учил : « Надо сжимать крепко кулак, не отпускать .Веревка повяжется , после сможешь выпрямить пальцы, что даст тебе свободное место, держи крепко сжатый кулак, сможешь освободится ...»

От боли нанесенных побоев Юсуф, слышал только голос. Он свалился и скрутился в клубок.

Он не верил тому что происходило. Его родная кровь и братья жестоко избивали Юсуфа, те, которых он любил. Порвали ему одежду, в спешке повязали , не заметив его крепко сжатые кулаки. Они оставили его одного в пустыне помирать избитого и повязанного. Швырнули в него ту самую книгу в кожаном переплете.

От боли Юсуф долго стонал, то теряя сознание, то приходя в себя. Он смог открывать лишь один глаз. Снова наступала темнота. Он освободился от веревок, но еще долго лежал и медленно приходил в сознание.

Ему слышались голоса...и виделись призраки.

Так пролежав долгое время, он снова слышал голоса : « Ты должен продолжить наш род, Юсуф, вставай ...» - кто-то тихо шептал ему вновь и вновь . Голоса менялись, продолжая смеяться и не давая потерять сознание. Что это было ? Видение ?

***

Сон Юсуфа.

Был ли это сон ? Явь? ... Может быть отрывки из прошлой жизни... Облака вырисовывали некий образ... Те самые глаза, милая улыбка –образ будет сопровождать Юсуфа всю его жизнь.

Ветер ласкал песок, тот медленно менял форму и притягивал взор одинокого путника. Юсуф пытался что-то разглядеть в дали. Небо, расстелившее свое бескрайнее пространство. Он пытался вспомнить в деталях свою жизнь.

«Дарья???» - вдруг пытался прокричать он. Неуловимый облик то появлялся , то исчезал.

Юсуф долго рисовал в мыслях те тайные встречи. Где в воздухе царила искушение и молодость...Юсуф долго будет глубоко дышать и пытаться выдохнуть из себя её запах. Нежный, как утренний цветок, хрупкие плечи, которые он нежно и жадно целовал. Эти сладкие воспоминания не давали ему потерять сознание или же заснуть навсегда в этой пустыне.

Юсуф запомнил эти минуты навсегда. И пытаясь, что-то проглядеть снова будет крутить в мыслях и в памяти образ Дарьи.

Он что-то шептал про себя:

« Дарья, я буду жить твоей любовью,
  я буду искать тебя повсюду.
  У каждого из нас своя судьба,
  Твоими глазами , я буду видеть мир... ».

Юсуф чувствует наступление ночи. Освободившись от верёвок, будет долго прижимать к груди кожаную обертку, всё что было дорого для него, было с ним.

С наступлением ночи, собрав сухого навоза, сможет разжечь огонь используя тот самый механизм вкрученный во внутрь медальона. Он собрал остатки   хлама и изготовит себе ночлег. Это помогло продержатся долгие дни и ночи.

Так проходило его одиночество в пустыне. Юсуф не замечал долго ли, быстро течет время.

Днем охотился на сурков или ящериц.

Прожив какое-то время , разговаривая со своими мыслями , долго рассматривал книжку, строил   для себя какие-то планы, мысли витали в облаках.

Он мечтал взахлеб напиться воды. Силы иссякали.

Однажды, он почувствует чье-то присутствие.

Брызг холодной воды привело его в сознание, и он увидел перед собой охотника.

- Живой ? – с ухмылкой слезая с лошади, спросил незнакомец.

-Дай воды, дай воды... пить..   - пересохшими губами произнес Юсуф, все еще находясь в полусонном состояние.

- Откуда путь держим?   - напоив водой и едой охотник, долго беседовал с Юсуфом. Его удивленные глаза и расширенные зрачки выражали искреннее удивление и интерес к рассказам чужестранца.

- Мы бежали, отца звали Эшен- Карег, а его казнили, я и братья смогли скрыться.

- А почему ты один, где твои братья, что с ними? – спрашивал охотник.

- Мы здесь поспорили .   Братья предали меня. Они связали меня, избили и оставили одного в пустыне, мрачно вспоминая о случившемся, дальше продолжал свою беседу.

- Как же так ? Ты вроде образованный и умный, и тебя оставили одного ? Ай-ай, ты родился под счастливой звездой, Юсуф. Здесь не принято оставлять путников одних. Но иногда чужие люди окажутся добрее, чем родные по крови. Да-а уж ... Такова человеческая натура.

- Я не забуду вашу доброту, как вас величать , мой спаситель ?

-Зовут меня Байболот, правнук Тагай Бия, сын Саяка, здесь у реки Иле я должен был делить казахский табун на две части , - продолжил беседу добрый охотник.

Байболот предложил Юсуфу вместе поехать в Северные края.

- Я не могу оставить тебя одного. Поедешь в мои края и обоснуешься. Будешь наших детей обучать, выберешь себе невесту,- подмигнув , поможет Юсуфу переодеться в новую одежду. Путники, громко подшучивая, собирались в дорогу.

Итак , два всадника направлялись в Северные края, по дороге увидят остатки древнего города.

-Что здесь было, Байболот? – с удивлением стал расспрашивать Юсуф.

- Город был несколько тысячелетий. Башня - Бурана освещала путь многочисленным караванам путь, пересекавшие эту дорогу под названием –« Шелковый путь». Остатки напоминают о том, что ничто не вечно в этом мире.

- Я пройдусь по этим местам. Это удивительный мазар*, мне надо помолиться – слезая с лошади Юсуф , упал на колени у ворот. Долго разглядывая эти места, он остановиться у разрушенных стен древнего города. Под мышкой он крепко держал подарок отца: ценнейшую книгу- картотеку, с которой не расстанется до самой старости. Выкопал глубокую яму, запрятал вторую часть медальона и карту.

« ...Да поможет Всевышний тому , кто отыщет все то , что было дорого моему отцу и мне! Пусть этот город и его стены сохранят наши труды и их ценность , не будут утеряны для человечества в будущем, Омин!».

Юсуф долго молился: за будущих детей и внуков, за мистические пути и перевалы, что пересекались этих местах. За свою первую любовь, и те глаза, что не дали ему умереть одному в пустыне.

Юсуф упоенно гладил своими исхудавшими и дрожащими пальцами те самые огромные камни , высеченные и напоминавшие три великие религии : Мусульманство, Христианство и Буддизм.

Сосуществующих вместе в этом волшебном городе в полной гармонии тысячелетиями. Эти старинные стены города гордо напоминали о многих былых событиях.

Мазар- святые места, древние гробницы.

Держали путь двое . Один из низ внук Тагай-бия сын Саяка – Байболот. Другой сын Эшен- Карега , бежавший от казни Юсуф. В Северных краях, Юсуф получил новое имя – Жусуп.* (произношение местного диалекта Ю как Ж).

Его светлая внешность и голубые глаза, способствовали обретению нового имени : Чекир Молдо * (Синеглазый, учитель).

Он женился на одной из внучек Тагай – бия, учил письменности местных детей, и дожил до глубокой старости. И перед смертью, рассказал эту историю, одному из внуков передал книгу, чтобы тот рассказал об этом потомкам. Итак, эта история и дошла до наших дней.

Позже из исторических сведений станет известно:

Садык, расположился в Казахстане, где пошла новая ветвь «Кызыл орук».

Ибрагим подался в Талас : от него пошло новое колено.

Из-за обиды на братьев Юсуф так и не поддерживал родственные отношения с ними.

Часть X

Замок клана Блакдейлс

Слушая невероятную историю доктор Сильвер и его друзья не перебивали мисс. Ж.М.

Это невероятная история может служить открытием и даже ключом к пониманию многих тайн, в чем Доктор Сильвер и его ассистентка не сомневались. Они продолжали проводить свои поиски в архивных записях , отдавая свое полное внимание, закапываясь и хватаясь за каждую маленькую деталь. Они радовались более чем детским задором и выпивая крепкий кофе, дальше продолжали вои поиски. Такие детальные исторические факты выбивали из колеи даже самого убежденного доктора Сильвера, находившегося в полном восторге.

Мисс Ж.М. время от времени поглядывала на Джона Питерсона. Они не отводили взгляда друг от друга и мысленно в своих воображениях вели молчаливый диалог, гуляли по ночному городу, где он представлял себе , что признается в своих чувствах.

Что-то записывая в свой рабочий дневник, доктор Сильвер предложил всем поехать в его резиденцию. Ведь опасность еще не миновала. Миссис Маккендри была еще в розыске.

-Предлагаю нам держаться вместе. Мисс Ж.М., вам особое поручение. Давайте заедем к вам, вы заберете из сейфа книжку-картотеку. Мне бы хотелось изучить её, с вашего позволение конечно, - закрыли Центр и вызвали полицейских. Теперь эту тяжелую дверь охраняли , на тот случай, если вернутся глава клана Блакдейлс и её сообщники.

Они подъехали к дому мисс. Ж.М.

-Вы подождите в машине, я поднимусь к себе, заберу книжку-картотеку и быстро вернусь. Мисс. Ж.М. зашла в подъезд.

Услышав странные голоса, мисс. Ж.М. , пожав плечами, и подумав, что её соседи очень тихие люди, возможно в этот вечер перепили чего-то крепкого? Кто мог шуметь поздно ночью?

Заметив приоткрытую дверь своей квартиры, от испуга у неё перехватило дыхание. Заглянув в коридор, она увидела обувь миссис Джейн Маккендри. Та с кем-то говорила про какие-то вещицы с тайнами и про их разгадки. Им нужны мисс. Ж.М. , и лысый доктор Сильвер. Как только они нашли бы разгадку секрета, с большим удовольствием, она могла бы от них избавиться, так чтобы никто не нашел следов их исчезновения...

От волнения мисс. Ж.М., случайно шагнула по скрипучему полу коридора и замерла, но её сумочка, соприкоснувшись со стеной, выдала её присутствие. Попытка добежать до машины не увенчалась успехом, так как в полуосвещенном подъезде Ж.М. поджидал некто в темной маске.

Подкравшись сзади он прикрыл ей в рот тряпицей, издававший сильный запах хлороформа.

Она упала без сознания в объятия мужчины, позже оказавшимся тем самым почтальоном.

Очнувшись в затемнённом мини-бусе, мисс Ж.М. увидела мужчину в темном плаще. Значит, её беспокойства, что кто-то следил за ней, подтвердились. Мужчина в темном плащ почесывал голову, рассматривал через толстую лупу письмо антиквара и книжку - картотеку.

- Вы ничего не сможете разгадать! – понимая свое полное бессилие, с возмущением крикнула мисс Ж.М.

-Ха, а ты для чего детка, вот бы еще сюда того лысого доктора и вы мне нашли бы сокровища!- ехидно хохотала глава клана Блакдейлс.

Мини-бусик мчался на всех скоростях , что было знаком, что они давно выехали из города...

***

Обеспокоенный доктор Сильвер, сидел и нервно постукивал пальцами папку, обеспокоившись долгим отсутствием своей ассистентки, предложил подняться в её квартиру.

Поднявшись по лестнице, они обнаружили дверь мисс Ж.М. открытой. Исчезнувшая из сейфа книжка- картотека, валявшийся белый шарф мисс Ж.М., на полу. Потухшая сигара с едким запахом – все это наводило на грустные мысли.

- Черт побери!!! – закричал в полной растерянности доктор Сильвер, его венки покраснели и пульсировали о такого неожиданного и шокирующего поворота событий.

- Куда они могли её увести, доктор?! Они ушли через другую дверь! – метался по квартире Джон Питерсон.

Вдруг доктора Сильвера осенила мысль, поправляя свои очки в роговой оправе, он произнес :

-Подождите, я, кажется, знаю где эти Блакдейлсы! Спустившись к машине, они в один голос прокричали водителю, чтобы тот мчался за город в Берик, который находится на границе Шотландии и Англии, на острове Блэк Рок[23].

- Как же я давно не догадался? Ведь как-то, миссис Джейн Маккендри звала в гости. Она оплошала выдав мне свой секрет? – приподняв одну бровь, почесывая свою лысину от некой радости, будучи еще в полном шоке от всего происходящего.

Доктор Сильвер наблюдал за своим другом, который заряжал свой пистолет и звал свою команду по телефону.

-Кстати, её мобильный телефон в ее косметичке (которую она ранее вытащила чтобы напудрить носик, в спешке оставила в машине), там есть пропущенные звонки, может что-то срочное, проверьте доктор Сильвер, -скажет водитель. Он ехал уже по трассе , и мчал машину на всех скоростях.

***

Пропущенные звонки были от доктора Крега Робинсона.

«Мисс, Ж.М. , ищите ключевое слово. Мы нашли вторую часть того золотого медальона в раскопках, что вели последние два месяца. Медальон является вкрученным механизмом, там же есть карта,

---

23 *Блэк Рок – Черная скала, Black Rock.*

очень старая, на которой сохранились какие-то пометки и цифры. Я обнаружил слово «эшен», которое с древнего Гаэлика переводится « у воды, или возле воды». Ваши гипотезы по поводу Юсуфа верны. Все эти предметы, возможно и приведут к разгадкам. Нам нужна вторая часть медальона. Вероятно, если их соединить, то будет легче вести расследование. Перезвоните пожалуйста , как только будет время…».

- О, Боже ! Доктор Крег нашел вторую часть медальона! Какая новость! - радостно крикнул доктор Сильвер, перекручивая звуковое сообщение уже несколько раз, на чем-то сосредоточившись глубоко витая в своих мыслях.

Джон Питерсон чертил план острова. Он нервно что-то печатал у себя в ноутбуке, и кому-то давал указания.

-Ждите, без нас не предпринимай никаких действий. Мы скоро будем, до связи, - приказал он.

***

Прилив полностью покрыл песчаную дорогу до острова Блак Рок.

- Вот лодка, повзаимствовал у местных рыбаков, - Джон Питерсон уже собирался включить зажигание , посадив всех в лодку. Обнаружив, что лодка прострелена и дыры довольно большие , принялся думать что делать дальше.

-Неужели   эти стервятники   могли бы нам оставить непростреленную лодку ? –с не довольным видом громко бурчал Доктор Сильвер.

- Этого следовало и ожидать, черти проклятые! –выругался Джон Питерсон.

Он вытащил из багажника машины костюмы аквалангистов, приказал своим людям надеть и нырять незамедлительно. Волны медленно раскачивали плавцов.

- Уж, больно тебе мисс Ж.М. пришлась по душе, не так ли ? - с улыбкой подметил доктор Сильвер.

- Мне целой жизни будет мало , чтобы отдать ей свою любовь ! Погружайся в воду дружок, подмигнет своему другу Питерсон.

Доплыв до острова Блэк Рок, спрятав свои акваланги,   под

сушенными морскими растениями на берегу, зарядив пистолеты, они бесшумно пошли по острову.

Ожидавшие отлива туристы наблюдали красивый и обворожительный закат.

Доктору Сильверу, Питерсону и его людям было легче передвигаться в толпе зевак.

Они шли медленно, прислушивались к каждому шороху, изучая лица туристов и вдруг заметили заброшенный старый дом.

Услышав голоса из небольшого отверстия, Питерсон кивнул головой, указал пальцем, чтобы его люди пристально следили за домом и были на чеку.

- Нет... Нам, надо привлечь как-то внимание, чтобы узнать сколько их?

- Может кого-то из туристов взять в заложники?– шепотом предложил доктор Сильвер.

- Помилуйте, мой друг, скажите что вы пошутили ? - приподняв бровь Питерсон дал знак одному из его людей.

-Хочу быть тебе полезным и дать какой-то мудрый совет, прости, но это плохо получается, - извинился доктор Сильвер, за свою неудачную шутку.

Поднять панику среди туристов означало бы , что клан Блакдейлс, может без жалости расстрелять всех.

- Давай ты, - сказал он одному из своих людей, только что пришедшему с горячей пиццей, - разыграй сцену с доставкой её по ошибке.

Стук в дверь. Через несколько секунд, кто – то заглянул в ту самую щель :

-Кто там ? Что нужно ? - ответил кто-то хриплым голосом.

- Вы просили пиццу. Доставка по заказу, - ответил мужчина, одетый в красную кепку разносчика пиццы.

- Мы не заказывали ничего. Уходите! - крикнул мужчина, от любопытства тихо приоткрывая дверь.

В этот момент глухой выстрел убил, стоящего за дверью.

Питерсон и его люди ринулись, взламывая дверь.

В суматохе кто-то кричал о помощи, звучали глухие выстрелы, кто-то упал, кто-то стонал.

-Черт побери! - крикнул Питерсон снимая с себя маску.

-Питерсон, я здесь.- кто-то хриплым голосом молил о помощи. У дверей стоял доктор Сильвер, раненный в ногу, на которую замертво упал мужчина с бородой.

- Помогите доктору Сильверу! - приказал Питерсон, обойдя заброшенный дом, и не найдя мисс. Ж.М.

Они повзаимствовали лодку у туристов, чтобы добраться до главной земли, дабы срочно помочь Доктору Сильверу.

Достав аптечку из машины, Питерсон перевязал ногу доктора Сильвера, сделал ему укол и приказал срочно ехать в город.

- Мисс. Ж. М . и глава стервятников Блакдейлс видимо находятся в подвале того самого замка,- продолжал Питерсон.

- Все возможно, старая ведьма и есть хозяйка этого замка прикрываясь чужим именем, открыла замок для туристов,- доктор Сильвер попытался еще что-то сказать.

- Она же все время вас подслушивала, дорогой друг , - помогая встать доктору, спрашивал Питерсон.

- Да-а, теперь она знает все. Даже то, что наш коллега ищет вторую часть медальона. У этих Блакдейлс современная техника, позволяет следить за нами. Надо позвонить доктору Робинсону.

-Вы не переживайте, дорогой друг. Этот пожилой турист предложил вас довезти до города. Полицию не вызывай. Мои люди закончат то, что мы оставили незаконченным много веков назад, - в уверенности сказал Питерсон, помогая пристегнуть ремень безопасности своему раненному другу. Прошу об одном:

- Не вызывай полицию! Они такой шум устроят, век будем помнить.

От перенесенного шока и укола, доктор Сильвер что-то бормотал про себя в полузабытом состоянии.

***

«Легенда о монахе Каскарде»

В поисках новых земель, собрав все что у них было - секретные рецепты и молитвы древних пеган, молодой монах Каскард с десятками монахов, в крохотной лодке отплыл на свой страх с острова Айона. Он полагался лишь на свою интуицию, проплыли несколько недель.

Запасы еды и воды были исчерпаны. Путешественники теряли надежду найти новые земли. Молодой жгучий брюнет с тёмно-синими глазами, каковым был монах Каскард, отличался волевым характером и добротой одновременно.

- Смотрите, остров! Остров! – закричал он от безумного счастья. Это было спасением и надеждой новой жизни. Остров был особенный: с огромной выступающей черной вулканической скалой.

Позже получит название - Блэк Рок*.

Ранним утром до прилива можно увидеть песчаную дорогу, ведущую от острова до большой земли. Монахи решили поселиться на острове, полагая , что смогут как и прежде исполнять свои ритуалы и молитвы, начали с постройки алтаря. Они побаивались жителей, большой земли. Предпочитали освоить этот остров. Пройдет много дней , недель и месяцев прежде чем , они полностью обоснуются на Блэк Роке.

Однажды , монах Каскард, спустившись в тоннель, открыл секрет, что тот является таинственным подземным выходом на большую землю.

Монах часто бродил по нему. Как-то раз, он удивился, найдя драгоценные камни. Он собрал их, чтобы украсить алтарь.

Частенько монах Каскард переодевшись в обычную одежду фермеров, будет проводит свое время с людьми. Он будет помогать собирать урожай, займется подготовкой к зиме. Тайно будет делиться секретом приготовления лекарственных напитков.

И вот однажды Каскард , не придавая значения , на происходящее вокруг с довольной улыбкой поздно возвращался с продуктами, что получал от местных фермеров за свой труд и за секреты, с которым и он делился с местными жителями, обучая их изготовлять «живую воду».

Его наставник был недоволен дружбой Каскарда с местными жителями.

- Ты зачем выдал секреты « живой воды»* ? – спросил нахмурив свои брови.

- Святой отец, ведь не наша ли с вами миссия помогать простым людям? –ответил Каскард.

- Эти животные все равно не знают, как создать букет из этого настоя.

- Святой отец, это же дело времени. Вы сами учили, что любое дело требует терпения , трудолюбия и преданности, - спорил молодой Каскард.

Обеспокоенный беспечностью молодого монаха, старец однажды приказал Каскарду спустится в тоннель за драгоценным камнями, для строительства второго алтаря.

Ничего не подозревавший Каскард спустится в тоннель, и в тот момент другие монахи, по приказу старика, замуровали его заживо.

Так прибывал свое наказание монах Каскард.

Долго будут слышны молящие просьбы Каскарда о пощаде. В один из дней, исхудалый, потерявший надежду Каскард, приготовится умирать.

Неожиданно он увидел яркий свет, и понял, что кто-то пытается его вызволить из пещеры.

Живая вода – виски.

Исхудавший, полуживой, он был потрясен увиденным. Его спасли чужестранцы, вооруженные копьями, в огромных железных шлемах, украшенных рогами животных. Это были викинги, завоевывающие новые земли и сметавшие все на своем пути.

Перед Каскардом, вышедшим на свободу, предстало ужасающие зрелище. Отрубленные головы монахов украшали весь берег. Главный из викингов подозвал к себе Каскарда, приказал тому найти много драгоценных камней. Он держал в руке те, что когда-то украшали первый алтарь.

Поблагодарив главного викинга за спасение и свободу, Каскард спустился в тоннель, чтобы добыть драгоценные камни, он решил, что это выкуп за его жизнь.

Викинги долго ждали возвращения молодого монаха. Через несколько дней , викинги махнули рукой, решив, что его унесло подземное течение.

Прошло время и однажды кто-то услышал голос, молящего о помощи, главного викинга. Обнаружив его мертвым у входа к подземному тоннелю , напуганные викинги решили покинуть остров, чтобы такая же участь не постигла их. Они ссылались на то что, призрак некоего монаха Каскарда чудит по ночам и пугает их до смерти.

В этой старинной легенде утверждали, что дух и приведение Каскарда, живет и по сей день...

***

Просидев до самого вечера в подвале, наблюдая из маленькой щели закат солнца, узница мисс Ж.М. вдруг вспомнила эту легенду.

С ухмылкой она решилась на эксперимент. Ранее, с ехидным смехом, крепко закрывая дверь этой комнатушки, глава Блакдейлс выкинула старый, вонючий плед, и поговаривая : « Прикройся, детка ! Ты пробудешь здесь долго , а ночи здесь холодные ! Ха-ха-ха!»

... Из старого пледа мисс. Ж.М. смастерила одежду монаха, передвинула старый диван, чудным образом смогла крючком зацепить за электрическую лампу, что изредка замыкая , придавала потухающий свет в этой комнатушке.

Она сняла туфли и стуча каблуком, стала издавать странные звуки.

Подошедший страж, прислушавшись из любопытства, тихо приоткрыл дверь, стал в испуге кричать в полной истерике и звать на помощь главу Блакдейлс.

В этот время, мисс Ж.М. стоявшая затаив дыхание, смогла со всей силы пнуть дверь, которая ударила по лицу упавшего стража.

- Помогите! Монах Каскард вернулся! - кричал он в истерике с разбитым лицом и носом.

Схватив свои вещи, мисс Ж.М. перешагнула через него, не оглядываясь быстро поднялась по лестнице и оказалась в длинном коридоре старинного замка.

Прибежавшая на крики стража миссис Маккендри с большими и удивленными глазами, начала искать как собака по углам комнатушки исчезнувшую узницу мисс Ж.М.

-Черт побери! -глава Блакдейлс, удивленная изобретением мисс Ж.М., рассматривая старый вонючий плед, висевший как пугало посередине комнатушки, что и испугало стража, все еще повторявшего:

- Приведение! Я видел приведение, помогите ! А-а-а мой нос! У меня разбит нос!- молящим голосом поскуливал он, не слушая укоры главы Блакдейлс.

- Где, пленница? Где серебряная лампа? Где ?! - кричала разъяренная миссис Маккендри, в ярости выстрелив в ногу страже, чтобы тот очнулся.

Теперь, стража стонал и кричал , не обращая внимание на крики и угрозы схватившись за раненную ногу.

- Ты что ? Совсем с сума выжил! Где приведение? Это плед, старый вонючий плед!- махая перед ним старым револьвером, глава Блакдейлс кинулась по лестнице вверх вслед за мисс. Ж.М.

В этот момент приподнялся чугунный люк в той же подвальной комнатушке. Джон Питерсон и его друг, подоспели во время. Они вылезли через это подвальное помещение, в котором находился тот самый подземный тоннель.

Джон Питерсон помог вылезти своему другу, увидел в коридоре стража, ползающего с раненой ногой и разбитым носом ...

Прихватив старый плед, догоняя бежавшую главу Блакдейлс, приказным голосом Джон Питерсон произнес:

« Руки в верх! Буду стрелять! - наводя дуло пистолета на главу Блакдейлс. Она уже поднялась по лестнице, пытаясь догнать Ж.М., держа старый револьвер, до конца не веря своим глазам.

Подбежавший за ним его друг Стивен перехватил старый плед, швырнул ей на голову. Старушка упала и покатилась по лестнице вниз, размахивая и стреляя во все стороны со своего старого револьвера.

- Сколько раз меня мама учила, не обижать людей старше себя, но эта особа совсем другое дело ! Она нас обоих сейчас застрелит и ни о чем не пожалеет, - извинился Стивен, обезоруживая главу Блакдейлс.

-Ну, беги, спасай свою мисс. Ж.М., - расплылся в улыбке Стивен.

- Сколько веков приходится воевать с кланом Блакдейлс, но зло уничтожить до конца невозможно,- Питерсон побежал по лестнице вверх за мисс Ж.М.

Все происходило быстро.

-Мисс Ж.М.! - закричал Питерсон, - подождите не открывайте дверь!- подбегая обнимет девушку.

От неожиданного поворота событий Мисс Ж.М. в полной

растерянности, со слезами кинулась к своему спасителю с жадными поцелуями.

Питерсон долго извинялся за опоздание, рассказывал, что подземный тоннель оказался намного длиннее, чем они рассчитывали.

- Стивен вызовет полицию, чтобы арестовать миссис Маккендри, и все что они прячут в подвалах. Нам не стоит появляться перед репортерами и в прессе , пока мы полностью не раскроем вашу тайну, дорогая мисс Ж.М.,- объясняя ситуацию , предложит так же тихо и незаметно уйти , давая указание своим соратникам Джон Питерсон.

Часть XI

«У воды...»

- Ага, значит Стивен сам остался давать объяснение полицейским, - попивая крепкий кофе, продолжал беседу доктор Сильвер, придерживая свою раненную ногу, подливая другу Питерсону только что сваренный ароматный кофе.

Включая утренние новости, мисс Ж.М. с восторгом сказала:

- О, Бог мой! Смотрите, показывают миссис Маккендри , того самого стража с перевязанным носом, и даже найденные научные труды Адама Смита, - с большим интересом все прильнули к телевизору посмотреть утренние новости. . Они находились в легкой эйфории, после невероятных приключений , произошедших с ними за последние двадцать четыре часа.

Живо рассказывая о всяких деталях острова Блэк Рок, они пили кофе в резиденции доктора Сильвера.

Прослушав сообщение Доктора Крега и рассматривая ту самую старую карту, что стала неожиданной находкой в подвале рыбацкого дома.

- Подождите, посмотрите сюда, - рассматривая детально старую карту Доктору Сильверу со сверкающими глазами посмотрит на мисс Ж.М. и на своего друга Питерсона.

Он указывал на цифру «507», помеченные звездочкой заметки, и что-то печатая у себя в ноутбуке, доктор сделает невероятное открытие:

- Не могу поверить, это и есть высота и длина Альпийских гор! - с восторгом скажет доктор.

- Подождите, минуточку, - мисс Ж.М. позвонила доктору Крегу Робинсону.

-Алло, доброе утро. Скажите пожалуйста, что за карту вы нашли ? Да? Неужели ? - продолжала хлопать длинными ресницами в полном удивлении мисс Ж.М.

- Да, да. Есть такая же цифра и в этой старинной карте . Мы нашли в подвале рыбацкого дома, недалеко от того самого лабиринта , а самая удивительная вещь, которую мы обнаружили , это серебряная лампа, с подписью самой Дарьи! Вы представляете?! Пребытие Дарьи с миссионерами в Шотландию оказалось вполне вероятным. Это доказывает старинное письмо,- мисс Ж.М. говорила с большой гордостью.

Договорившись , что ценную находку Доктор Крег оформит, с помощью Британского Посольства, и будет их ждать в Дании, для дальнейшего расследования всей этой истории .

Примерный план др. Крега Робинсона был прост. Он отыскал закрытый музей в подвале старинной церкви в Дании в городке Тавлов. Где хранились редчайшие вещицы , изготовленные в 16 веке. Они вероятно принадлежали одному мастеру и были частью всей этой мистической и запутанной истории.

... Собираясь в дорогу, что-то печатая у себя в ноутбуке, они радовались любой новой разгадке или информации, наводящий на мысль, что ответы совсем рядом. Их поисковая работа, к которому они отдавались полностью , могла принести наконец-то положительные результаты.

- Ключевое слово «эшен». - так же выдает муниципалитет в Альпах. У нас два ключа к разгадке, числа «507», слово « эшен» - означает « у воды», а само название в переводе выдает Лихтенштейн-маленькое княжество! – в восторге закричали все трое.

-Что же может связано с этим муниципалитетом? -так же задавая себе вопрос доктор Сильвер протирал свои уставшие глаза и продолжал размышления.

- Допустим, это число – и есть ключ к разгадке, тогда мы должны начать с него. Детально следует изучить вторую часть медальона, которая находится у доктора Крега.

Если повезет, мы сможем найти вторую половину медальона или вещицы, изготовленные тем же мастером в этом подземном музее.

Думаю, мы очень близко подошли к тайнам , привезенной Дарьей ценным книгам и запрятанные ею, - предположила Ж.М., и вздохнула от счастья.

- Это замечательно! - прихрамывая на одну ногу доктор Сильвер уже заказывал по интернету билеты на двоих: для Питерсона и для ассистентки мисс Ж.М.
- Как жаль , что я не смогу быть с вами, но я полностью вверяю тебя Джону Питерсону, настоящему «белому рыцарю» ,- подмигнув доктор Сильвер , помогал собирать вещи мисс Ж.М..
- Кстати, дорогой друг , хочу поблагодарить тебя за посылку, -хлопая по плечу своего друга, доктор Сильвер предложил свои услуги довезти их до аэропорта, не выслушивая их уговоры, настояв на своем.

***

За окном осень , в салоне самолета тихо подпевал джазовый блюз. Пристегивая ремень, мисс Ж.М. от усталости положила голову на плечо Джону Питерсону.

В сладкой дреме в памяти всплывали : антикварный магазин, продавец с седыми волосами и двое странных посетителей.

«... кхм, стоп. Неужели существует параллельная жизнь ?»- вдруг осенило её. Ведь только теперь перед ней предстали образы того самого писаря Миллера, и он же и был тем самым старцем, которого Кара- Чоро повстречал по предсказаниям той Насипы с миндалевидными глазами?

А двое посетителей, в антикварном магазинчике, кто они ? ... кхм. Так это и были образы Тагай -бия и Томчи ? Значит -все верно! Они проживали в другой эпохе , в другой параллели, возможно теперь они были вместе...», закрыв глаза , все это перекручивала в своих мыслях снова и снова.

Наблюдая события прошедшие через судьбы её предков, тайны переданные ей, имевшие глубокое значение для мировой истории, всплывали в памяти мисс Ж.М., дающие повод и обыкновение продолжить свое бесконечное влияние в настоящее и будущее.

Другие издания издательства
Hertfordshire Press на русском языке

Игорь Савицкий, художник, собиратель, основатель музея

Автор: Мариника Бабаназарова

Игорь Витальевич Савицкий посвятил себя археологическим исследованиям и этнографии каракалпаков, коллекционированием произведений современного искусства, впоследствии ставшей основой художественного музея, созданного им в Нукусе.

Книга об уникальной культуре коренных малочисленных народов, проживающих на территории Каракалпакстана. На страницах альбома впервые объединены, хранящиеся в музее Каракалпатии, предметы духовной культуры малого народа, живущего среди пустынь, в низовьях Амударьи, представлены уникальные фотографии.

ISBN: 978-0-9557549-9-9

Рассказ «Вой»

Автор: Казат Акматов

Новелла Казата Акматова «Вой» как глубокая, полноводная река, с первой страницы плавно и неспешно подхватывает, течение-текст затягивает, увлекает, держит в напряжении и неожиданно выносит нас к непредсказуемому неоднозначному финалу.

Это один день-жизнь чабана Калена. Правдивая по-айтматовски искренняя история, где идет выбор между любовью и долгом, где силы природы то помогают, то препятствуют исполнению его желаний. От скорби приходит терпение, от терпения-опытность, от опытности-надежда. В жизни все взаимосвязано, ординарные поступки, заурядные причины приводят нас к исключительным последствиям.

ISBN: 978-0-9930444-1-0

Сборник стихов «Песни темного огня»

Автор: Жулдуз Байзакова

Стихи Жулдуз Байзаковой очень непосредственные, эмоционально контрастные, иногда пронзительные по своей откровенности и накалу страстей. Они требуют полного погружения, чтения вдумчивого и неторопливого. Они завораживают и околдовывают. Ее стихи как дыхание: прерывистые, тонкие, наполненные аллегорическими фантастическими образами. Ее стихи как живопись: плотные, яркие, насыщенные краски. Поэзия Жулдуз Байзаковой совсем другой мир, в котором мы слышим отражение Артюра Рембо, Есано Акико и Константина Бальмонта. Это сплав модернизма-символизма, восточной поэзии с привкусом декаданса.

ISBN: 978-0-9574807-1-1

Романы «Мунабия» и «Шахидка»

Автор: Казат Акматов

Трогательное, полное душевной теплоты, повествование рассказа «Мунабия», нараспашку открыло дверь в мир народных традиций, заветов, законов, по которым многие века жили и продолжают жить в наше время в киргизских аилах. На примере одной семьи Казат Акматов показал противоречивость отношений между всеми ее членами. Читатель словно воочию видит, как глупое следование традициям, ревность, передающаяся, как предсмертный наказ, очернили жизнь многих людей аила, покрыли стыдом и обидой настоящую любовь, которую два сердца бережно хранили всю свою жизнь.

Роман «Шахидка» рассказывает о взаимоотношениях людей постсоветского пространства в эпоху их размежевания между собой, когда бывшие союзные республики начали разбегаться по своим национальным квартирам. Повествует о безответной любви киргизского парня к русской девушке, которая была предком людей, когда-то по воле судьбы переселившихся из России в Кыргызстан, что невидимой нитью проходит сквозь всю повесть, напоминая о всеобщей любви, тяге среднеазиатских республик того времени к своему "старшему брату" - России, когда предпочтение отдавалось русскому языку, русскому народу.

Автор правдоподобно описывает события в Чечне, которая является частью России, где проживают люди, в основном, другой религиозной конфессии... Одним словом, мусульмане... И напоминает о том, что в русском языке появилось новое заимствованное от восточных языков слово "шахидка", означающее некий протест представительниц мусульманского мира к лицам другого вероисповедания, в частности христианства....

ISBN: 978-0-9574807-5-9

Роман «Камила»

Автор: Рахим Каримов

Роман, написан на киргизском языке, он в красках описывает горькую судьбу Камилы, оставшейся сиротой в день своего рождения, лишившейся своей матери Гуландом. Кто-то не может противостоять ударам судьбы, кто-то, обретя долгожданное счастье, теряется и не знает что делать. Но это все не про Камилу. Она трудится не покладая рук, она сильна духом, она превозносит любовь и не позволяет богатству и тщеславию вскружить ей голову. Камила квинтэссенция чистоты и нежности. Прочитав роман, вы обретете надежду, что в мире еще остались вера и благодеяния. Поскольку, чистые чувства и ясные намерения в таких людях как Камила живут вечно.

ISBN: 978-0-9574807-1-1

**Эти и другие книги, Вы можете приобрести
в торговых точках по городу Бишкеку.**

Книжный магазин "Фолиант", в сети магазинов по г. Бишкек
Книжный магазин "Букингем", ул. Горького 19
Книжный магазин " Нуска", ул. Эркиндик, 56
Сувенирный магазин "Империя сувениров", в сети магазинов по г. Бишкек
Сувенирный магазин "Дайры", ул. Киевская, Илбирс
Сувенирный магазин "Городок сувениров", ТРЦ Бишкек Парк
Сувенирный магазин "Les Maison Du Voyageur", ул. Московская
Кофейня "Sierra", ТРЦ Таш Рабат
Ресторан "Fatboy's", ул. Чуй, 104
Языковые курсы "English Zone" ул. Мира 58
Гостиница "Silk Road Lodge", ул. Абдымомунова 229

За подробной информацией обращайтесь
по телефонам: +996 312 474 175, +996312474175
Email: kyrgyztan@ocamagazine.com